亞麗莎

全名：亞麗莎・弗雷・德古拉
（Alisa Frey Dracula，簡寫A.F.D）

年齡：239歲

職業：無職

身高：149CM

體重：39KG

種族：吸血鬼（德古拉家族）

傲嬌又暴力的小女孩（外表），
但有時候也有溫柔體貼的一面。
超級甜食控。

林家昂

年齡：19歲

職業：大學生，在便利商店打工

身高：179CM

體重：62KG

種族：人類→半吸血鬼

宅男，打扮很隨意，

對於被精神虐待有著無法自拔的快感。

羅嘉綺

年齡：18歲
職業：大學生、[redacted]
身高：162CM
體重：49KG
種族：人類
性格開朗，天然呆的巨乳笨蛋，
即使18歲了依然相信有聖誕老公公的存在。
對於自己第二集才出現有點小怨言。

Masochistic
× Dhampir

GOBOOKS
& SITAK
GROUP©

GOBOOKS
& SITAK
GROUP©

三日月書版

三日月書版

輕世代
FW163
抖M的
半吸血鬼
NOVEL 哈皮
ILLUSTRATION 水佾
Vol.1
從精神M
變成肉體M
三日月書版

Who is she ?

抖M的半吸血鬼

Masochistic Dhampir

Vol.1

從精神M
變成肉體M

目錄 contents

「你這個噁心鬼，可以不要靠近我嗎！」她厭惡地瞪著我，就像是看到腐敗的垃圾一樣，還一面捏起她可愛的鼻子叫著：「臭死了！滾開！」

「啊嘶——」我愉悅得全身打顫，然後故意往她靠去。

我正在清水溝，因為便利商店前的水溝不知道被哪個沒公德心的傢伙丟垃圾堵住了。店長命令我出來清，自己卻在店內涼快地吹冷氣——但是我沒有生氣，而是感到愉悅。

從那之後已經過了三天，**現在的我**是精神M的狀態。

「骯髒鬼，滾開！不准過來！臭臭泥，滾啦！」她用接近尖叫的聲音叫著。

「啊啊……」我感到全身酥麻，通體舒暢。被罵的快感驅使著我的雙腿，繼續往她逼近，卻一個不小心摔進水溝裡。

「活該！」她做個鬼臉，走進便利商店。

抖M的半吸血鬼

Masochistic Dhampir

Chapter 1.

精神M最適合做服務業

「這個涼麵的醬包裡為什麼有雜質？黑黑一點一點的？」眼前的阿姨看起來三、四十歲，穿著老氣的桃紅上衣搭黑緊身褲，臉上抹著大濃妝。她手裡拿著涼麵，正以歇斯底里的語氣和高分貝的音調質問我：「而且快過期了還擺在架上？這個醬包就是因為壞掉了才會有黑點對吧？如果害客人不小心吃到拉肚子，你們要怎麼負責？你說啊！」

啊啊，果然今天也來了，不知道接下來她會怎樣罵我呢？

「您說的是。」我微笑著，眼角瞥見幾個不想惹麻煩的客人把商品放回架上，然後悄悄地走出去。

「不要笑，你說要怎麼辦啊！」她把涼麵摔到桌上，塑膠盒的邊角凹了進去。「連豬都知道該怎麼回答，難道你不會嗎？」

喔喔喔喔！雖然傷害力不高，但是很棒啊！

我盡量壓抑嘴角，才沒有笑得太超過——根本是忍耐力大考驗。

可、可惡，如果她等等用破壞力更高的話來攻擊我，我恐怕就忍不住了，我一定……會笑出來啊！

「說話啊！豬嗎？你媽生腦袋給你是幹什麼用的？」

「不、不好意思……」忍笑實在太痛苦了，讓我講話有些結巴、聲音有些顫抖，看起來像是被罵得發抖。「這是公司規定……所以、所以我們會在半夜十二點……正式過期、過期的時候才、才會下架。」

「十二點才下架？不會太晚了嗎？這個黑點明顯就是壞掉了啊！」女人連續拍打桌子，重新拿起那盒可憐的涼麵，指著我的鼻子說：「客人吃到拉肚子怎麼辦？」

「小姐……那個黑點是芝麻醬包的黑芝麻，不會拉肚子……」

她頓時語塞。

然後現場就這麼沉默了數十秒，彷彿還能見到烏鴉啊啊啊地從她頭上飛過。

「請問您還有什麼需要……」

「我要客訴！」她尖叫著打斷我的話，並且放出大絕招。幸好剛剛客人見苗頭不對都已經走光了，所以我沒有阻止她的叫囂。「我絕對要客訴你！你這個垃圾店員！」

「因為芝麻醬包裡有芝麻所以要客訴我嗎？」我笑著反問。

喔喔，怎麼辦，我好興奮！

「那可不可以請您順便客訴香菸裡有尼古丁、飯糰是用白米做成的、雞腿便當裡有雞肉、柳橙汁裡有果粒、巧克力麵包裡有巧克力呢？」

「你、你！」女人臉部出現一抹遠遠壓過她腮紅的血紅色，她瞪著眼、咬著牙，就像母夜叉一樣，彷彿隨時都會撲上來將我生吞活剝。

「我、我一定要客訴你！你給我記住！」丟下涼麵，她一面往外走一面咆哮：「你給我記住！」

欸、欸欸？這樣就沒了？

我失望地嘆氣，同時明白到「期望越大失望越大」的真諦。

或許我可以期待一下總公司的電話？不過大概不會有吧，那個女人不管怎麼看都只是單純的找碴，算一算她已經連續來了三天。

「喔？終於走了啊。」櫃檯左後方往後場的門突然打開，店長頂著一頭亂髮、滿臉鬍碴地走出來，他臉上掛著爽朗笑容，拍拍我的肩膀道：「家昂，真是辛苦你啦！」

他打了個呵欠，嘴裡飄出重重的菸味，我馬上捏住鼻子向後退。

店長李正龍，二十九歲、身材高眺、單身，精確地說他是前不久才回復單身。因為被甩的緣故，他最近菸抽得特別凶。

「你剛剛在後面幹嘛？」

「嗯？點貨啊！」店長哈哈笑著試圖帶過問題。

我沒回應，只是盯著他。

他越笑越尷尬，笑聲越來越無力，直到再也撐不下去，才承認自己的罪刑。

「唉呦，看到那個貪心鬼當然要躲啊！我看你應付她還滿順手的，就放心到後面抽菸囉。」

「貪心鬼？什麼意思？」

「噢，對了，你是第一次遇到這種客人。你先回想一下，她是什麼時候開始來盧的？」

「我記得是三天前？」我仔細想了想，說道：「第一天抱怨關東煮的湯，第二天抱怨茶葉蛋的茶葉，然後今天是涼麵。前兩天都是我交班時來的，今天比較晚一點，我當班的時候來……這有什麼關係嗎？」

「沒關係。」

「……我可以打你嗎，店長？」

「當然不行。別用那種眼神看我啦，你自己猜錯的。」店長一臉無辜地向我眨眨眼：「和活動有關。」

「活動？」我連忙看向店裡的活動文宣。咖啡買一送一、飲料第二件半價以及——

「為了黑白兔的瓷盤和瓷杯？」

「沒錯。黑白兔的活動大概一年一次，每年舉辦黑白兔集點活動時，那個客人就會跑來鬧，目的就是要多拿幾張貼紙。她已經這樣做好幾年了，你是去年的活動結束後才進來的，所以不知道。」

「真貪心。」我的嘴角微微抽動，這樣的事情我第一次聽說。

「其他地方也有類似情況啦，沒很多就是了。」店長無奈地聳肩：「我已經有好幾個員工被她罵走了，沒想到你居然撐得住，你根本是天生當店員的料，救星啊！」

他開心地拍拍我的肩膀，這讓我的心情非常複雜。

我是為了被罵才會這麼拚命的耶……雖然我知道這樣很糟糕，但是那種快感真的會讓人無法自拔。

如果有人要我寫自我介紹，我大概會這樣寫吧：

林家昂，十九歲，黑框眼鏡宅男，相貌普通，科大森林系一年級升二年級，體質相當糟糕是個精神M。

至於養成這種體質的原因，和我生長的家庭有很大關係。

我原本是以逃難的姿態，狼狽地從北部跑來讀南部學校，希望藉由遠離家裡治好這個詭異體質，沒想到跑來超商打工反而讓我的「病情」加重了。事到如今我已經放棄治療，徹底地享受被罵的樂趣和快感。

突然覺得自己的糟糕程度無法用言語形容……

「叮咚！」自動門的門鈴聲突然傳來，我和店長反射性地歡迎客人，然後不約而同地愣了愣。

進門的，是一個看起來約十四、五歲的可愛女孩，她一頭及腰的烏溜長髮綁成雙馬尾，看起來保養得宜且充滿光澤。從她深邃標緻的輪廓看得出來是外國人，如同瓷器一般的雪白肌膚、精緻的五官配上一對惹眼的紅色眼珠，讓人忍不住多看她幾眼。

那是……角膜變色片？

她的身材非常嬌小，目測不超過一百五，衣著打扮和她那對紅色雙瞳一樣惹人注目。她戴著白蕾絲花紋的黑色頸圈，穿著標準的黑色哥德蘿莉服裝，腰上的深藍色馬甲腰封襯托出身體曲線，過膝黑長襪和飾有黑色蝴蝶結的黑色長靴包裹住纖細雙腿。

這身裝扮相當適合她，我的目光不禁被她牢牢吸住。

可是不管再怎麼合適，她都和這個平凡的便利商店格格不入，而且渾身上下散發出生人勿近的氣息。

那張可愛的臉緊繃著，一副「靠近我就要你死」的模樣，讓人忍不住地打了個冷顫。

好、好棒！糟糕……

我連忙打散故意惹她生氣的念頭——總覺得要是「不小心」撞到她，一定會遭到非常慘烈的言語攻擊，而且還會給店長找麻煩。除此之外，她手上拿著一把黑色洋傘，說不定會用那當武器攻擊我。我對肉體上的攻擊敬謝不敏。

女孩將傘放在雨傘架上，便拐進糖果餅乾的置貨區。

「家昂。」店長突然推了推我的肩膀，低聲說道：「感覺很難應付，就交給你了！」

「……喂！」

店長這次毫不掩飾地拿出香菸，徑直鑽進後場。

女孩此時回頭從門口的地方拿起購物籃，又拐回去開始選購。

女孩子似乎都很享受購物的過程，無論是哪種購物。她的臉色隨著購物的時間有所變化。

在進門的A走道時她繃著臉，一副敢惹我就要你好看的模樣。

在B走道時她的神色輕鬆了不少，或許是因為拿了很多甜食的緣故。

在C走道時她的臉上出現一抹淺笑，就像有陽光灑在她身上似地愉悅自在。

在D走道時她甚至哼起歌來，彷彿看得見她身後一朵朵盛開的粉紅小花。

而我暫時沒有事情做，只能站在櫃檯等她。等待本來是一件枯燥乏味的事，但一想成這是放置Play的話就有所不同了。

她在A走道時我無聊地打個呵欠。

她在B走道時我感到怦然心動。

她在C走道時我開始興奮起來。

她在D走道時我拚命壓抑著暴動的嘴角。

啊啊，拜託，久一點，拖久一點！放置Play萬歲！哈雷路亞——！

突然間，一陣劇痛從我的手指傳來，瞬間將我拉回現實，還因為被攻擊的末梢神經而痛得叫出聲。

我連忙抽回手指，然後發現攻擊我的凶器，是個裝得滿滿的購物籃，至於凶手——

「結帳。」女孩用著如同風鈴般清脆好聽的聲音說道，雖然她看起來像外國人，但說話絲毫沒有外國口音。「笑得很噁心的店員。」

她用鄙視的眼光看著我。

這、這是超完美的羞辱啊啊！這種天生就適合鄙視人的眼睛和充滿厭惡的語氣……！

我忍不住要歡呼出聲，但我馬上摀住嘴巴，緊張地看向眼前的女孩。她微微瞇起血紅色的雙眸，就像看著外星生物般打量著我。

我頓時冷汗直冒，連忙把臉別開。我感覺到心跳加速、呼吸加重、身子忍不住地打顫。

糟、糟糕，我現在好想撲上去，把臉埋進她平平的胸口，大聲誇獎她平坦的胸部，然後被她用鄙視的眼神和好聽的聲音狠狠地痛罵一頓。

奇怪，為什麼……我從來沒有這麼渴望被誰罵過，但居然對她……她該不會是我所追求的最棒S吧？

「你到底要不要結帳？」她的語氣聽起來更加不悅。

我大力地嚥下口水，深吸一口氣，調整好心情才轉頭——但一見到她那張不耐煩又帶著鄙視的可愛臉蛋後，我的嘴角又忍不住失守。

真的不妙啊啊！

我連忙把視線集中在商品上，拿起條碼槍掃商品的條碼，但我的視線還是不受控制地往女孩身上去。我瘋狂地想被眼前的女孩蹂躪一番！

不行、真的不行！可惡，為什麼這個女孩子這麼吸引人！

我不停地吞口水，背脊上的汗水狂冒，心臟就像快要撞破胸口出來見人。

我加快結帳動作，恨不得早點結束這樣的地獄。

地獄……地獄好棒！地獄Play啊啊——不對，我在想什麼！

我立刻把專注力放在女孩買的商品上。

女孩很喜歡甜食，滿滿一籃的商品有八成以上是糖果或是甜餅乾，同樣東西就拿了好幾個。剩下的是三本女性向雜誌、一本少女漫畫，和促銷中的飲料四罐，連飲料都挑很甜的那種。

「一共是兩千四百三十七元。」我盯著電子螢幕伸出手，連看她一眼的勇氣都沒有。我知道看了我一定會失控，光是用想像的就已經瀕臨崩潰。

但我沒有接到錢。

我又多等了幾秒，不斷踢走「這是放置Play」的念頭，用眼角餘光看向她。

她垂著頭，一副在思考什麼的模樣。

喂、喂，不會是錢帶不夠吧？

我在超商打工將近一年，曾經碰過兩次這種假裝錢不夠的傢伙。第一次傻傻地讓客人賒帳了，想當然耳對方根本沒有再回來，我只能摸摸鼻子，自掏腰包。

嘖嘖，這種騙人辛苦錢的傢伙根本垃圾。

「小姐？」因為想起不愉快的事情，我的口氣不怎麼友善，也變得能直視她了。

「嘖！」她帶著殺氣地瞪了我一眼，明顯在嫌我礙事，打亂了她的思緒。

「閉嘴！」

好、好棒，好棒啊啊！

好聽的嗓音搭配怒罵，爽得我差點喘不過氣。我連忙搓搓臉、搖搖頭，深呼吸了數次，然後重新掛上微笑。

「小姐，請問要結帳了嗎？」

「囉嗦，反正又沒人在排隊！」說著她雙手抱胸，鼓起小巧的臉頰，不滿地哼了一聲。

天啊，這態度真的太棒了！加上她長得這麼可愛脾氣卻這麼糟糕……不只是反差萌，還是奧客中的奧客，根本是我心靈的綠洲啊啊！

「……貼紙……」女孩的口中突然吐出名詞。

「什麼？」我疑惑地微微歪頭看向她。

「我這樣能拿多少貼紙啦，白痴！」女孩似乎是難為情地微微垂下頭，雙手不安分地拉著裙襬的白色滾邊，無辜的大眼盯著滿桌的商品，模樣純真得就像是個孩子，和方才大相逕庭。

好棒，太棒了！叫我葛格吧拜託！

我從未體驗過這種怦然心動的感覺，而且我知道，這和M體質一點關係都沒有，她根本是我所碰過最讚的客人啊啊啊啊！

或許是等了太久，她可愛的模樣瞬間瓦解，凶狠地瞪著我，纖細的手指氣勢十足地指向一旁的黑白兔集點活動看板。

我馬上看向電子螢幕。

「活動是消費七十九元可得一點，之後每三十元多一點。」我反射性地說明規則：「您的消費金額可以得到七十九點。」

「那我可以換多少個這個？」女孩直接把問題丟了出來，同時間我見到她的雙眼發亮。

「兩種方案，一種是四十點免費換，另一種是六點加一百五十元免費換購。」

「你說什麼？」女孩的音調拉高。

「怎、怎麼了嗎？」我嚇了一跳。

「騙子。」女孩惡狠狠地瞪著我。

「為什麼說我是騙子？」

啊，好棒……不、不對！

「都加錢買了還說是免費換購，這不是騙子嗎！」女孩一手扠腰、一手指著我，眼神相當嚴厲，就像發現犯人的警官。

我馬上把集點卡拿出來看，上面的說明和我剛剛所說的一字不差。

據我所知，從超商舉辦集點活動開始，無論有沒有花錢加價購，都是用「送」或是「免費」這兩個詞——既然是「送」和「免費」，為什麼還要掏出新臺幣？

我一時間不知道該怎麼回答，只能看了看集點卡又看了看女孩。

「這個，我也不知道。」我攤攤手，放棄思考這個艱深的問題。

「所以每六點就要給我一個！」女孩微微挺胸，理所當然且理直氣壯地說道。

「等等，那一百五十元誰出？妳怎麼得到這個結論的啊？」我的嘴角微微抽動。

「當然是騙子出啊！」女孩哼了一聲，不假思索地回答。

「……妳想要總公司幫妳出這筆錢？」

「騙子，敢做不敢當的小孬孬！」她的語調加重，面無表情，銳利的視線瞪著我：「你怎麼不乾脆從地表消失算了？」

嗷嗷，好、好棒！為了被罵故意那麼說是正確的！

「小姐，妳饒了我、我吧，我錢包裡沒有那麼多錢。」我再也壓抑不住我的嘴角，講話的聲音還有些顫抖。

「你別笑得這麼噁心！」如同看到發臭廚餘般的眼神投來。「管你要去賣血賣肝還是賣腎，總之就是你要出，騙子！」

「家昂……」店長的頭突然從後場的門後探了出來，瞬間把我嚇醒。他的嘴角微微抽動，想必是從後面的監視器看到一切經過，但他沒多說什麼，默默地將腦袋縮了回去，輕輕帶上門。

我嘆了口氣，收拾不捨的心情重新擺出專業笑容。

「小姐，不好意思我只能按照規定喔，如果有任何意見請向總公司反應。」

「喊。」她的嘴一扁，不滿地壓低聲音：「小氣鬼、垃圾！」

嗚……好棒！

我連忙屏住氣息，像個憲兵般抬頭挺胸直視前方，才沒有讓我的專業笑容瓦解，死守住最後一道防線。

「加錢就加錢，有什麼了不起！」

「如、如果想加錢的話……」我長吐一口氣，調整呼吸後說道：「我建議您用四十點免費換一個，剩下的三十九點用加價的方式換六個。」

「為什麼？」

「因為我們只有八個現貨。」我說著，一面把身後的櫥櫃打開。

一看到印著黑白兔圖樣的藍色紙盒，女孩的眼睛瞬間亮起來，我敢打賭如果沒有櫃檯的阻擋，她一定會整個人跳進櫃子裡搶劫。

……還真是意外地單純。

「所以我差三點？」血紅色的雙眸帶著不悅，眼神游移在我和櫥櫃門之間。

「再三點才能把全部都帶回去？」

她想要全包？

我愣了愣，然後點了點頭。

「給我一包九十塊的香菸。」雙手抱胸，她用著命令的語氣說道。

「呃？」

「快點，別像烏龜一樣拖拖拉拉的，還是你聽不懂人話？我・要・香・菸！懂嗎？香菸！」她催促著大力地拍了拍桌子。

我反射性地回過身——

等等！

我連忙轉回來，仔細地上下打量她。

「看什麼看，變態店員！」她像是看見最討厭的生物一樣瞪著我。「下流！你這個豬腦還不快點拿香菸！」

啊、啊斯——不對，現在不是爽的時候！

「我們不販賣菸酒給未滿十八歲的人喔！」我連忙收斂我的嘴角，盡全力擺出正經臉。

「啊？未滿十八歲？」女孩的語調拉高，微微揚起頭，明顯想要營造出高高在上的表情，但是因為身高遠遠不夠，所以她這模樣真的既可愛又好笑。

此時，我注意到她的虎牙，又尖又長。

我第一個聯想到的就是吸血鬼，忍不住多看了幾眼。

她馬上注意到我的視線，連忙閉上嘴巴，一副受到騷擾的生氣模樣狠狠瞪著我。

啊啊，她真的太厲害了！連隨便一個視線都會讓我心跳加速，根本是天生的S女王！

「這、這是法律規定的，不能怪我……」我故作鎮定地說，一面調整因為心跳加速而加快的呼吸。

「真是小氣的法律！」說著，她不悅地從裙子上的口袋掏出一個有著黑白兔圖樣的錢包，然後從裡面掏出身分證，往我的臉上射來。「這樣滿意了吧，麻煩鬼！哼！」

我接住身分證，檢查上面的個人訊息。

亞麗莎．德古拉，八十二年十二月二十五日生。

我看了看身分證上的照片又看向她本人，完全看不出來眼前的女孩已經滿十八歲而且還比我大。

話說，她的證件照也太凶狠了一點……

她的大頭照面無表情，搭配上紅色的雙瞳，看起來就像是在瞪人一樣。

「看夠了吧？」小女孩——亞麗莎小姐伸出手，我馬上把身分證還回去。

她像是我身上有什麼病菌似地，把身分證往衣服上擦了擦。「我可以買香菸了吧，你怎麼還不動作？蝸牛嗎？臭蟲蝸牛！」

我忍著全身的酥麻感，轉身用我顫抖的手拿了包九十塊的香菸。

「亞麗莎小姐是外國人？」為了轉移被罵的愉悅感，我邊刷條碼邊隨便找個話題。

「有人准你叫我名字嗎？臭蟲噁心鬼！」她的眼神充滿敵意，一副我是什麼黏人口香糖的模樣。

我知道我的嘴角又失守了。

不、不行，如果再惹她罵，又會把店長召喚出來！

女孩掏出四張藍色鈔票付帳，除了原本商品的錢，還包含瓷杯的錢。我把八個瓷杯組全拿出來給她，然後開始找錢。

「喂，為什麼都是藍色的？」看著眼前堆成小塔的瓷杯組，亞麗莎小姐瞟了我一眼，不滿地指著商品道：「不是有五種顏色嗎？為什麼都給我藍色的？」

「呃……那只是紙盒包裝喔。」

難道她完全沒參加過這種集點活動？

「要打開才會知道裡面的瓷杯是什麼顏色，有點像是……抽獎？」一時間我不知道怎麼確切說明這種情形，只能用相近的詞語帶過。

「所以我花了這麼多錢就是為了抽獎？開什麼玩笑！為什麼我都花錢了還不能選自己想要的東西？騙子！比麵包蟲還不如！豆腐腦！」她氣憤地鼓起臉頰，血紅色雙瞳直直瞪著我。「垃圾店員！」

她的語氣充滿譴責。

這樣的言語和視線如同一道強勁卻又不傷人的電流，將我從頭電到腳，一瞬間舒爽得全身都起了雞皮疙瘩。就在我快要發狂地叫出來時，店長的腦袋又探了出來。我立刻冷靜下來，店長的頭也緩緩縮了回去。

根本是烏龜……

「所以您不要了嗎？」我伸手要把她的東西拿走。

她狠狠地打了我的手，然後貪心地把所有瓷杯組抱在懷中，像是怕我搶走一樣。

「敢收走我就咬你！我又沒有說不要！」

我差點笑了出來。

第一次碰到這種讓我M得愉悅又萌得開心的客人，不知道她下次會不會再來？

我把找的錢給她，但她卻看都不看我一眼，直接在櫃檯前打開瓷杯組的包裝。

第一個包裝打開，拿到了白色的瓷杯，她那對如同紅寶石般的雙眼瞬間亮起來。

第二個包裝打開，她笨拙地拿出裡頭的黑色瓷杯，然後高聲歡呼。

第三個包裝打開，裡面的是水藍色瓷杯，她叫了一聲，像是拿到寶貝一樣用白皙的臉頰磨蹭上頭的黑白兔。

但是現在才只是開始。老實講，她能三次都沒拿到重複的算是相當好運，至於接下來……

如我預料的，她的興奮沒有持續太久。

第四個包裝打開，她的臉色微微一沉，裡面是白色的瓷杯組。

她不甘心地動手拆開第五個包裝，臉上的喜悅一掃而空，裡面的瓷杯是黑色的。

再來的第六個包裝又拿到白色，她愣愣地看著手中的瓷杯組幾秒，然後凶狠地瞪向我。

我渾身一顫，連忙大力搖頭表示不知情，但似乎沒什麼用。不過我卻很壞心眼地暗自祈禱她接下來也拿到同樣的顏色。

如果又是重複的顏色，她一定會發飆吧……天啊，好期待！

第七個包裝打開，我和她不約而同地嚥了口口水，盯著紙盒的內容物——

她笑了，而我失望地嘆氣。

她拿到了灰色的瓷杯。

「說不定妳有可能集齊一整套。」我有點不甘願地給予祝福。

「囉嗦！」她雖然嘴巴上這麼講，但還是難掩一臉的期待和興奮。如果她是小狗，一定正唰唰地搖著尾巴。

她深呼吸，拿起最後一個紙盒，鄭重其事的態度弄得我也緊張起來。

她專注地盯著紙盒，用顫抖的小手將它打開——眨眼間，她的臉色變得一片慘白，白到像是整個人的顏色全部消失，和身上的黑色服裝形成明顯對比。

裡面的瓷杯組，是黑色的。

就像在嘲笑亞麗莎小姐的白皙。

我默默替她將桌上的瓷杯收回紙盒裡，然後放進購物袋中。

直到收完，她都像個蠟像一樣站在原地，動也不動地望著盒子裡的黑色瓷杯。

我將視線挪到一旁的活動展示樣品，展示組瓷杯一共有五款，白、黑、灰、水藍和粉紅。從一開始我就認為，開八個就想一口氣集滿五款不太可能。

這就是商人的手段，在超商打工的我常常會想這件事情。雖然對外宣稱所有顏色的生產數量相同，但每次活動總會有某一款特別難收集，而且很巧的，大家收集不到的都是相同的顏色或款式。

這次的活動，深受女孩子喜愛的粉紅色就是「地雷」。

我看向亞麗莎小姐，她一副難過的模樣，透明的液體在她的眼眶中打轉，我連忙拿出衛生紙。

「亞麗莎……小姐？」

她冷冷看向我，眼神裡包含失望、難過和憤怒，彷彿是我欺騙了她。我剛剛才體會過「期望越大失望越大」的真諦，所以我了解她的痛苦，而且她幾乎是從喜悅的最高端狠狠地摔了下來，一定比我還要難過百倍。

這嚴厲的眼神並沒有讓我的M體質發作，取而代之的是種難過的感覺。

「我說過不准你這個垃圾叫我的名字。」亞麗莎小姐粗魯地拉走櫃檯上的袋子。

四千元的商品可不輕，她被袋子拉得整個人向右傾斜，我還聽見她的手肘關節發出喀的一聲，她卻像沒事一樣，重新調整好平衡後往店門口走去。

她的背影就像是打了敗仗的士兵，加之身軀嬌小，更顯淒涼。總覺得她如果被風吹到就會化成一堆白灰，隨風飄散。

我說了聲謝謝光臨，靜靜目送她離去。

「家昂，發生什麼事？」店長突然拍了我的肩膀，嚇了我一跳。

我仔細地將事情經過說了一遍，當然被罵了很爽的事沒有告訴他。

「喔，這樣啊？」店長點點頭，若有所思地摸著下巴，然後笑了笑。「不過家昂，你對那個女孩子有意思嗎？」

「欸？欸欸？」這問題讓我有些不知所措。

「說嘛說嘛！」店長三八地用手肘頂我的側腹。

「才沒有！」

「這樣就好，因為**那個女孩子不是你惹得起的**。」不知道為什麼，總覺得店長話中有話。

「總之已經十一點了。」我拿出手機把上面的時間給他看，十一點零三分。

「我先下班囉！」

我一面脫下制服一面往後場走去，忍耐著房內的煙味拿出我的衣服和包包，臨走前打了下班卡。

「回家小心喔！」店長打個呵欠說：「碰到**奇怪的事情**記得裝做沒看見，直接回家就對了。」

「哪會有什麼奇怪的事情啊！」我笑了笑，然後道別。

就在快穿過店門口時，我突然注意到傘架上的黑色洋傘，是亞麗莎小姐的東西。

盯著洋傘數秒，我一把拿起它放進包包，快步往外面走去。

……我不是為了想去討罵也不是因為我是跟蹤狂更不是因為自找麻煩會讓我很愉悅才會把洋傘送回去的！

我心底不斷默念這句話，試圖否定心底真正的想法。

但、但是……

我的嘴角又不受控制，到最後我很乾脆地接受那個念頭。

討罵萬歲！

我往亞麗莎小姐離開的方向追去，全力向前跑，沒多久就見到了她的背影，但她卻佇立在馬路邊，一動也不動。

是因為太難過嗎？

我放慢腳步、調整呼吸，想要裝作不小心偶遇，就在我準備出聲喊她的名字時，她突然回過頭。

被那雙紅色的眼瞳一瞪，我霎時動彈不得、無法呼吸，心臟像被什麼東西揪住了一般，四肢發冷，彷彿全身的血液停止流動。

怎、怎麼回事……

「別過來，會死，快滾……」

她不帶任何感情地說著，但話還沒說完，有東西倏然洞穿她的左下腹，由前而後，我看得一清二楚。

空氣頓時瀰漫著血腥味。

抖M的半吸血鬼

Masochistic Dhampir

Chapter 2.

抖M專門狗熊救美

我馬上看清楚刺穿她的是什麼東西，是一**隻手**。不過才一瞬間，亞麗莎小姐的面前就多了道人影，是個滿臉疙瘩、皮膚泛綠的禿頭男，而刺穿亞麗莎小姐的，就是他的手。

男人瞪著亞麗莎小姐，寬闊又肥厚的嘴唇微微揚起。

「抓到……」男人沙啞的聲音說到一半時，他泛綠的臉瞬間刷白，鮮血從他的左方猛然噴出！

亞麗莎小姐伸手一扯，將他整隻左手扯了下來。

我的雙腿登時不聽使喚地一軟，撲通一聲跪坐在地。

怎、怎麼回事……

我想大叫，但喉嚨卻緊繃得發不出任何聲音。

「還不快滾！」亞麗莎小姐又回頭瞪了我一眼。

「小、小心！」我連忙叫出聲。

男人抽出匕首，趁著亞麗莎小姐分神時朝她刺去，但亞麗莎小姐卻只是轉頭看向他，男人的動作就這麼定格半空中。

不，不是定格！

他是因為恐懼而無法動作！

男人臉上溢出斗大的汗珠，神情恐懼地微微顫抖著，亞麗莎小姐優雅地用她白皙纖細的雙手，抓上男人僅存的粗壯手臂。

布料撕裂的聲音響起，接著鮮血如同盛開的花朵般從斷肢處綻放，男人哀嚎著倒在地上。

冷汗浸濕了我的上衣。

我知道我不是作夢。

誰會想到，方才在便利商店因為黑白兔瓷杯而心情起伏的天真女孩，離開便利商店後竟變成一個可以冷靜扯下男人手臂的怪物？

怪物，這個名詞不斷在我的腦內迴盪，迅速填滿我因為驚嚇而空白的腦袋。

我突然想起在便利商店裡看見的那兩顆又尖又長的詭異虎牙，然後又想到她的身分證上那個外國味十足的名字，亞麗莎．德古拉。

獠牙和**德古拉**很自然地連結在一起，並且導出唯一的答案。

吸血鬼。

我很肯定，除此之外沒有其他的解答。

吸血鬼一腳踩上男人的臉，男人尖叫著求饒，試圖逃走，但她完全不理會，只是抬高腳然後一踩。

鮮血濺上她手中原本白色的塑膠袋，夜晚瞬間回復寧靜。

然後狗吠聲再次打破這份安寧。

血紅色的雙眸回頭看向我。我瞬間回神，馬上站起身就要逃走，但腿卻軟得只跑兩、三步就支撐不住，摔了個狗吃屎。

我緊張地看著她緩緩朝我走來，渾身上下不停顫抖，不由自主地屏住呼吸。

她抽出留在她體內的男人左手，被刺穿的左側腹正以肉眼見得到的速度迅速癒合，轉眼間復原成雪白、吹彈可破的肌膚，我還透過衣服的破洞隱約看見她小巧的肚臍。

「阿、阿們！南無阿彌陀佛！耶穌！佛祖！觀世音！妳、妳別過來……」

我不斷用屁股往後退，但完全比不上她的速度，她站到我面前，血紅色的雙瞳睨著我。

完蛋了，死定了。

我反射性地閉上眼，等待死亡的到來。

撲通一聲，接著有什麼東西壓了上來，急促的呼吸在耳邊響起，我的胸口上多了一個柔軟且有溫度的物體。

我呆了幾秒才緩緩睜開眼，發現吸血鬼倒在我的懷中，頭靠在我的肩上。

她該不會是要吸我的血吧！

就在我正準備將她推開時——

「該死的……蟾蜍……皮膚居然……有毒……」她的聲音微微顫抖，聽起來似乎相當不舒服。

她的氣息不斷呼到我的脖子上，我不禁起了身雞皮疙瘩。

「妳沒事吧？喂？」我晃了晃她軟趴趴的身體。「哈囉？」

「在那裡！」前方突然傳來聲音，抬頭便看見遠方有四、五道人影朝我們跑來，透過微弱的燈光，我看見他們和死去的男人有著一樣的泛綠皮膚。

驚愕瞬間變成緊張，我大力地嚥口口水，然後看向懷中的吸血鬼。

我該不該丟下她自己逃命？

妖怪的事情就歸妖怪，我不覺得我能插手！但、但是……

「嘖！」我吃力地把吸血鬼公主抱起來。

雖然她殺了人，但是對方先傷害她。就算她是吸血鬼、是怪物，我的良心也讓我無法見死不救，拋下她而去。

不知道為什麼，我的腦袋裡全是她在便利商店時任性又可愛的模樣。還有帶給我的快感。

「妳千萬別吸我的血啊……」我咬著牙，回頭往便利商店的方向跑。

吸血鬼很輕，但是我平常沒有鍛鍊體能的習慣，也從沒有這樣抱著人跑步過，才沒幾步就氣喘如牛。加上她雖然神智不清，但依然緊抓著手中那包沉重的塑膠袋，塑膠袋就像盪鞦韆一樣晃呀晃地擺動，害我好幾次都差點失去平衡。

都快沒命了還捨不得妳的瓷杯組喔！

我試著想丟棄多餘的重量，但是怎麼樣扯都扯不掉她手中的塑膠袋，還換來她虛弱但是明顯看得出生氣的視線。她舉起手放在我的臉皮上，一點力道都沒有地扯了幾下。

看來她真的很虛弱，我不相信這樣的力道能扯下男人的手臂，或是踩暴男人的頭，但也幸好她很虛弱，不然我的臉皮就危險了。

「……丟掉……就殺了你……」細微的聲音說著，還乾咳了幾聲。

我馬上放棄丟下塑膠袋的念頭。

這裡離便利商店的距離比我想像中還遠，後頭的人影越來越近，照下這樣下去，到便利商店前就會被追上。而且這種鄉下地方，這個時間點就算在馬路上呼救也不一定會有人發現，所以我只能靠自己。

「轉進去……」吸血鬼突然說道。

前方有條小岔路，她應該是說這個吧？

我連忙拐進去，走沒多久又碰到了新的岔路，同時我理解了她叫我拐進來的用意。

鄉下道路規劃不像都市那麼完善，通常會有很多岔路、小徑，只要有需要，哪裡都能夠弄出條小路來，搭配夜幕根本是大型迷宮，一不小心就會迷路。

小路都開得很隨意，柏油路年久失修，坑坑洞洞，到最後甚至連柏油都沒有，不是鋪上碎石就是單純的泥巴路。我漫無目的地隨意穿梭，速度受限於地形越來越慢，加上體力到了極限，快跑漸漸變成快走。

不過，我們確實甩開了追兵。

我抱著她在生鏽的鐵絲網和檳榔樹間的小徑走了一段才停下來，眼前已經沒路了。

我喘著氣，回頭確認身後沒有人影和光影。

小徑的盡頭是道漆著新漆的紅色鐵門，兩側是鏽蝕的棕色鐵絲網，矗立在土黃色的地面上，讓它的紅看起來更加鮮豔。上方有一盞明滅閃爍的路燈，幾隻飛蛾在路燈旁不斷飛舞，形成鄉下常見的景象。

雖然這是鄉下常見的景象，現在卻有著不正常的人。

我把吸血鬼放到鐵門旁，讓她倚著鐵門而坐，這時我才發現我的上衣和內褲已經被汗水濕透。

她的臉色比原來的膚色更白，一點血色也沒有，嘴中不斷發出呻吟，額頭冒出斗大汗珠，看起來相當虛弱。

把手放上她的額頭，她如我所料的正在發燒。我拿出手機，卻發現這裡收不到訊號——鄉下地方基地臺少，我的手機又很舊，一旦遠離市區，常常都沒有訊號。

「喂，妳還醒著嗎？」我放棄打電話求救的念頭，輕拍吸血鬼的臉頰。

她沒有開口，只是緩緩睜開眼，用迷茫的眼神看向我。

「……妳現在是怎麼回事？會發燒是因為中毒的關係嗎？」

「把你那張噁心的臉移開……好噁心，你不要讓我二次中毒……」虛弱的聲音說道，然後她別開臉。

唔啊！我瞬間陣亡。

我倒在地上愉悅地呻吟、顫抖、打滾，興奮了幾分鐘才喘著氣坐起身，用期待的眼神看著她。

「怪人，好噁心……」她作勢乾嘔了幾聲。

「啊啊——」這句話讓我全身酥麻地向後一倒，腦袋因此撞上了石頭，痛得我在地上打滾。

不對，現在不是做這些事的時候。

「你快點逃走。」她的語氣帶著命令的味道，但虛弱讓她的話語相當無力。

「不可能，我不會就這樣丟下妳不管。」我盡可能和善地笑了笑，試著讓她安心。

「你只是普通的人類。」她撇過頭。

這句話讓我的笑容維持不到三秒鐘就瞬間崩潰，我吞了口口水，做了幾次深呼吸，然後才開口：「所以妳……真的是吸血鬼？」

她沒有說話，只是露出她的獠牙代替回答。

雖然剛剛就看過了，但一見到這對森白的獠牙，我還是倒抽一口氣，腦袋閃過數幕吸血鬼吸食人血、殘殺人類的畫面。我用我的左手壓住右手，試圖不讓身體顫抖，卻是徒勞無功。

「知道了就快滾……不想死的話。」她再次把臉別開。

「所以那些人是牧師，或是妖怪獵人？」我找了個話題想轉移焦點。

雖然恐懼，但我還是不想離開她身邊，我相信只要我對她好，她就一定不會傷害我。

「不是。」她冷哼一聲，疲憊地閉上眼。「是蟾蜍精，也是妖怪。」

我突然想到方才似乎有聽到蟾蜍什麼的——啊，所以是蟾蜍的皮膚有毒，她是在被那個男人用手刺穿身體時中毒的。

「所以你這麼虛弱的原因……」就在我要開口說出我的發現時，只聽見傳入耳裡的聲音在顫抖，不只是因為眼前的吸血鬼和追殺我們的妖怪，還有一盞看起來隨時都會滅掉的路燈、一片漆黑的檳榔樹林、空氣中的泥土味道，這些鄉下常見的景色都成為我恐懼的因素。

因為，我是在場唯一的人類。

我害怕燈一滅掉，吸血鬼就會不分青紅皂白地咬上我的脖子、吸乾我的血。

我害怕一點光都沒有的的檳榔樹林會突然跳出蟾蜍精攻擊我。

我害怕泥土的味道被混進了蟾蜍精的毒，我會在不知不覺間中毒而死。

我的呼吸加速，恐懼感完全壓過了一切。

誰會知道只是還把洋傘就被捲入麻煩的妖怪世界。

我想否定這一切，但是吸血鬼手中購物袋上的暗褐色血跡和衣服左下的破洞都告訴我這全是真的。

她看了我一眼，我不由自主地打了個冷顫，感覺我心裡的想法都被這一眼看穿。我把臉別開，用眼角餘光看她。

「蟾蜍毒……」吸血鬼虛弱地說道：「如果今天不是滿月的話……這種毒根本傷害不了我……」

她又緩緩地閉上眼，像是想睡覺的模樣。

我嚥口口水，鼓起勇氣正視她，仔細地上下打量。

如果沒有那對獠牙，她看起來就和可愛的外國女孩沒有兩樣。

烏黑柔順的雙馬尾垂在地板上，白皙肌膚吹彈可破，美麗的臉蛋和精緻的五官如同陶瓷娃娃一般，體型嬌小纖細，她用美人魚坐姿靠在鐵門上，病懨懨的模樣讓人有種想擁她入懷的衝動。

眼前的她沒有修過圖，但依然美得讓人心動，她的可愛與美麗讓這平凡的布景變成最完美的襯托。如果用手指把眼前的景象框起來，就是最棒的Cosplay

照片。

她突然睜眼，用那對血紅且銳利的雙瞳看向我。

該不會是我那些變態的想法被察覺了吧？

我嚇了一跳，雖然想多看看她如同寶石般的眼睛，但還是撇過頭避開她的視線。

心臟怦怦跳動，我不敢肯定是因為她可愛的長相還是因為害怕。

「快滾，你沒必要留在這裡。」她緩緩開口，這瞬間讓我有種眼前的不是女孩，而是成熟女人的錯覺。

眼前的女人經歷過歲月的洗禮，經過無數的風霜、無數的歲月，讓人莫名敬畏。

我連忙揉了揉眼，確定眼前依然是我在便利商店遇到的可愛女孩。

「和我扯上關係……沒有好處。」她緩緩說道：「吸血鬼……特別是德古拉家族的吸血鬼，從古至今都被認為是……最邪惡黑暗的存在，特別是我，和我接觸不會有好事……」

「……那是因為、因為你們吸血維生的緣故吧？」

「我已經一百五十幾年沒吸過人血了……」吸血鬼微微瞇起眼，她雙眼映著燈光，看起來就像是閃著光芒。「飲食習慣和人類完全一樣……但我依然不是人類，也改變不了我會帶來**厄運**的事實……」

我沉默地看著她，不禁好奇她到底經歷過什麼樣的事情，才會如此感嘆。

「一百五十年沒吸人血……吸血鬼不會死掉嗎？」我問道。

她冷冷看了我一眼，擺出一副「這不關你的事」的神情。我屏住呼吸，差點爽得叫出聲。

她沉默了幾秒後還是開口說道：「……只會讓力量減弱而已，現在的我比一百五十年前還要……弱上一百倍。其實不需要吸血，光靠血的味道也可以讓吸血鬼得到力量……不過只有一點點而已。當然吸動物的血也可以……但是吸人血得到的力量最多……」

她瞟了我一眼，像是在說「這樣滿意了吧」。

突然，我注意到檳榔樹林裡有光點，立刻緊張地從地上彈了起來，仔細看著光點的方向，幸好光點很快就消失不見。

「問題問完就快滾，再不走就來不及了……」她一點力道都沒有地瞪著我說：「然後，把今天看到的事全部忘記……千萬別說出去。」

「說出去也不會有人相信吧？『我抱著美少女吸血鬼在鄉間小徑狂奔』，怎麼想都是肥宅的妄想。」我重新坐了下來，從我的側背包中拿出水罐。

她哼了一聲，「現在的妖怪幾乎融入人類的社會中了，只是你不知道而已。」

她從購物袋裡拿出飲料，大口大口地灌起來，接著一臉爽快地哈氣，那模樣根本就是個普通的可愛女孩，和可怕的吸血鬼完全搭不上邊。

「所以你到底要不要滾？」她重新看向我。

「也要我有地方能去。」我也大口地喝了口水，把水瓶收進包包裡。

看她能夠大口喝飲料而且說話的語調也回復許多，讓我稍微安心了點。

「你不會翻鐵門跑走嗎？」她指了指自己倚靠的鐵門。「別這麼沒用，只是鐵門而已也翻不過去。」

「……這種地方通常都有養狗。」我忍著爽快感反駁。

「瞪一眼就好了。」她哼了一聲，說得相當輕鬆。

我忍不住想像她瞪狗的畫面，又把狗想像成是我自己，啊啊，真是太棒了

——我馬上注意到她鄙視的視線，連忙把臉別開。

可、可惡，破壞力也太強大了！

突然間我注意到從不知道什麼時候開始，那股壓得我快喘不過氣的恐懼感

消失得無影無蹤，完全把眼前的吸血鬼當成普通女孩看待。

「我又不是妳。」

「沒用的傢伙，不然你就用你那張噁心的臉……」她說到一半就停下來了，視線瞪向我身後，我緊張地順著她的視線看去——

一片漆黑，什麼都沒有。

就在我鬆口氣時，一點白光出現在黑暗中，像是黑色的宣紙上頭滴了白色顏料一樣緩緩擴大。

「人在這裡！該死的吸血鬼在這裡！」出現的是個骨瘦如柴、皮膚泛綠的男人，他的襯衫被汗水浸得濕透，很明顯已經找了我們一段時間。他用手機的光源充當照明，然後仰天喊著：「你們快來！」

不妙！

我急忙站起，才想扶起身旁的吸血鬼，卻見她已經搖搖晃晃地扶著鐵門站起身子。她相當重視的塑膠袋就這麼放在地上，眼神中卻沒有任何一點惋惜。

「他們的目標是我。」她低聲說道。

我知道她的意思。

「可、可是……」我想說些什麼，卻說不出來。

我來回看了看皮膚泛綠的男人和雙目血紅的女孩，重新想起了她是吸血鬼的事實。她是個能輕鬆扯下男人手臂的怪物。

但是那個為了瓷杯組而鬧脾氣的可愛女孩不斷把怪物的印象蓋過去，我不知道怎麼做才是對的。

留下，或者離開？

「你在蘑菇什麼！」她低吼一聲。

同時，那一頭又來了四個男人，他們站到最初發現我們的男人身邊，彼此交換了眼神。

「……做不到。」我的喉嚨因為緊張而緊縮得相當難受，但我還是把話擠了出來。

看她這副站都暫不穩的模樣，我不相信她能獨自對付五個妖怪，也因此我更不能丟下她一個人跑走。

「這不是人類能插手的事！」她握拳向後一敲，後方的鐵門瞬間凹陷，發出巨響，九十度角向後倒下。

那對如紅寶石般的眼睛瞪著我，微微露出駭人的獠牙。

「快滾！」

我看向那五個男人，他們的身材打扮各不相同，唯一共通的特徵是泛綠、像是中毒的皮膚，以及又黑又大的瞳孔。

他們是妖怪，不管我的腦袋怎麼思考，就覺得他們是妖怪，和我身邊的吸血鬼不同。

「別開玩笑了！」我撿起腳邊的石頭往他們丟去，不偏不倚地砸重其中一人的眼睛，然後順手撈起吸血鬼的「寶物」，重新抱起吸血鬼，轉頭往檳榔園裡跑去。

「你、你幹什麼！不准碰我，你這個噁心鬼！笨蛋！垃圾店員！蛆蟲！你會被我害死啊啊——！」她不停掙扎、尖叫，雙腳不安分地亂踢，兩隻鞋子都被踢掉了，其中一隻還咚地彈到我頭上，但我全部無視，只是盡全力往黑暗奔跑。

「宅男是不會死的！」我朝她吼回去。

她一臉錯愕地看著我，彷彿在她漫長的生命中從沒有被人這麼吼過。

我向她一笑，「因為，我還想看下禮拜的動畫，看下一季的新番，看明年的新番，還有很多很多動畫跟漫畫、小說想看，所以我不會死的！」

她愣愣地盯著我，黑暗中只剩下後方的叫罵聲、我的喘息聲和腳步聲。

「……笨蛋……」她突然嘴角微揚，輕聲罵道。在昏暗的光線下，她的笑臉看起來有點朦朧。

她很適合笑，這是我現在唯一的想法，令我更開心地笑了起來。

「那個什麼番的我不懂……」亞麗莎突然大力扯了扯我的臉皮，說道：「不過，只要現在死了就什麼都不用看了……所以你就拚命地跑吧，蠢豬！」

「速……速！」我口齒不清地回道，M體質產生的愉悅感讓腳步輕快起來。

我很清楚，如果只是單純地往前跑，根本比不上後面使出全力奔跑的男人，所以我利用夜幕和檳榔樹，在樹林裡穿梭。這樣的策略相當有效，我順利地甩開男人，和他們拉開距離。

「現在只要找時機偷偷繞回門口……」我喘著氣，低聲說道。

我們躲在一棵樹後，吸血鬼亞麗莎坐在我旁邊，靜靜地什麼話都沒說。

四周一片安靜，除了我和吸血鬼亞麗莎的呼吸聲外什麼都聽不見，就連平常響個沒完的蟋蟀叫聲也消失了。

我並不害怕坐在旁邊的亞麗莎突然襲擊我，沒有理由地就是這麼認為，但黑暗還是令我害怕。

「……妳中的毒，情況怎樣了？」我試著找話題聊天。

「解得差不多了。」

我伸手摸向她的額頭，她沒有反抗。手上傳來的溫度很正常，她已經退燒了，我再次驚嘆吸血鬼強大的復原能力。

「他們……為什麼要追殺妳？」

「他們隸屬一個叫做『西方妖怪殲滅聯合』，簡稱『西妖殲』的組織，所以要追殺我。」

「啥？」我完全不懂她的意思，她的說明實在太籠統。

「就是字面上的意思。」她的語氣就像是在罵我笨蛋。

話題才剛開始就被終結，她似乎沒有想和我聊天的意願。

四周又回復一片安靜，我突然注意到手中的袋子，我的水剛剛喝完了，先借一瓶飲料再給她錢應該可以吧？

我從袋子裡拿出一罐飲料，還沒完全拿出來，手就被大力地打了一下，接著袋子還被搶走。

「欸？」我愣了愣。

「你以為我看不到嗎？吸血鬼的夜視能力很好，你這個小偷！」她壓低聲音在我耳邊說道。髮絲的香氣和汗味混成一股很有吸引力的味道，直衝我鼻腔。

「我又不是不給妳錢，先給我一罐會怎樣，妳不是買了四罐？」

「我寧可倒掉也不給你。」

這句話狠狠戳重我的M點，爽得我差點叫出聲，好險立刻摀上嘴巴才壓抑住，嚇出我一身冷汗。

太、太糟糕了，光是聽見她說的話就變成這樣，要是再搭配她的眼神……

我打個冷顫，連忙甩甩頭，把妄想拋出腦外。

好、好危險……

她突然拉起我的手。

「他們都走過去了。」很明顯她已經查看過附近的狀況。

「妳身上的毒……」

「沒問題了。」

雖然她這麼說，但我覺得她的手有些冰冷，呼吸聲聽起來很沉重。真的沒問題嗎？

「……需要我抱妳嗎？」我半開玩笑地問道。

她的手突然一顫，但沒有開口，只是拉了拉我，我站起身，和她一起悄悄往門口走去。

那五個男人的叫囂聲偶爾從身後傳來，每次聽見都讓我的心跳漏了好幾拍，但是那隻緊緊握住我的小手，又讓我立刻安心下來。

小小的手異常有力，而且不知道是不是因為我的體溫，她的手漸漸溫暖了起來。

就在我們終於看見大門時，一道人影從一旁暗處出現，擋住我們的路。

是個男人，但他不像追兵一樣有著泛綠的皮膚，穿著一套看起來昂貴且筆挺的灰西裝，嘴裡叼著一支雪茄。雖然通常穿西裝又抽雪茄的大叔很帥，但他這副模樣實在和帥字差得有點遠。

唯一的印象只有「醜」字。

我一直認為男人只要穿上西裝都會有加分效果，但一見到眼前的男人，我就知道我錯了。

他黝黑的臉上布滿大大小小的疙瘩，寬闊的大嘴唇瓣又厚又長，他的雙眼異常地大而且分得很開，眼球被黑色的瞳孔占據幾乎沒有眼白，頭頂上的毛髮稀稀疏疏，四肢又短又粗，顯得整個人又矮又肥，完全糟蹋了他身上的西裝。

男人不只醜，還散發著危險的氣息，他用他那對可怕的眼睛瞪著我們，明顯不准我們通過。

我聽見亞麗莎咋舌。

「替東方帶來不幸的吸血鬼，妳想逃到哪裡去？」男人微微揚起下巴，一副鄙視人的模樣，用又粗又啞的難聽聲音說道。

那噁心的模樣讓我全身起了雞皮疙瘩。

「為殺而殺的東方妖怪，快讓路……！」亞麗莎低吼著甩開我的手，一個箭步往男人衝去。

她的動作看似敏捷，實際上相當笨拙，速度一點也不快，男人輕而易舉地躲開，還趁機用手刀往她頸部敲下。

他一把抓住亞麗莎，拿起嘴裡的雪茄想都不想就往她的臉燙下去，淒厲叫聲登時響徹黑暗。

「住手！」

我急忙撿了石頭向他砸去，他卻一副不痛不癢的模樣，連看都沒看我一眼，繼續拿雪茄燙亞麗莎，嘴角還浮現得意的笑容。亞麗莎拚命抵抗，但是她的拳頭揍在男人身上卻一點效果都沒有。

她果然還很虛弱，這個笨蛋！

男人又拿起雪茄，大力吸了幾口，同時間亞麗莎臉上的燙傷正在復原。

「吸血鬼也不過這種程度而已，沒什麼可怕的嘛，哼、哼哼……妳剛好是我喜歡的那種呢，乾脆把妳玩過之後再……」他得意的笑聲讓我頭皮發麻。

粗糙的大手隨即伸出，接著布料的撕裂聲隨之而來，我看著眼前的一切，全身打顫——

他在做什麼……他燙傷她那張漂亮的臉，現在又扯壞她的衣服……他到底想做什麼？

亞麗莎的衣服破了一大塊，紅白條紋成套的內著暴露在空氣中，她連忙抓住男人的手想阻止，卻抵擋不住他的力氣，只能顫抖著看他靠近自己。

方才緊緊抓著我的手現在看起來相當無力，彷彿下一秒就會被折斷。

「住手啊……」無力感在心中蔓延，我把包包裡能丟的東西全丟了出來，抱著微弱的希望想找出能夠翻盤的東西。

男人依然沒停下動作。

亞麗莎咬著牙，盡全力死守最後防線。

「我叫你住手啊啊——」我緊握剛剛從包包裡翻出的黑色洋傘，往男人奔去。

亞麗莎看了我一眼，口裡低聲喃喃，我手中的洋傘瞬間變成一把紅色劍身的黑柄長劍。突然改變的重量讓我重心不穩，踉蹌著往前摔倒，男人吃驚地放開女孩想後退，但他的手還被吸血鬼抓在手中——

咕咚。

我愣愣地看著地面上的東西。

男人粗啞的尖叫聲讓我瞬間回神，他握著失去一半的右手臂哀嚎，臉上帶著痛苦和驚訝地咬牙瞪著我，像是要把我生吞活剝。

亞麗莎倒在地上喘氣，注意到我的視線後立刻雙手遮胸，一臉羞紅地瞪我，我脫下上衣丟給她。

我看向手中的凶器。黑色劍柄是金屬製的，上頭鑲著兩顆鴿蛋大小的紅寶石，握柄用黑色布料層層圍繞，握起來相當結實有彈性；鮮紅色的劍身約一米半，不知道是因為燈光還是男人的血的緣故，它看起來就像血液，彷彿下一秒就會開始流動。

一想到我剛剛用它砍斷一隻手臂，我連忙把它丟在地上。

「德古拉之牙……」亞麗莎喘著氣，一面穿起我的上衣一面背對著我站起身。因為身高的差距，我的衣服在她身上看起來像連身短裙。「沒想到居然被你帶回來……」

「妳忘在傘架上。」我往她走去。「妳沒事吧？」

「別過來！」她突然低吼。順著她的視線，我發現原來她正瞪向後方剛邁出一步的男人，他似乎想乘機偷襲。

但我還是停下腳步，愣在原地看她。

「謝謝你……我已經好久沒有度過這麼快樂的夜晚。」她的聲音聽起來相當疲憊。「雖然你很噁心，衣服也很臭……但還是謝謝你。」

「突然說這些幹嘛……」我對她突然說的這些話感到害怕，忍不住又走近她——

「我說過，別過來！」她又喊道。

就在我們磨蹭的同時，原本追著我們的五個男人朝我們的方向奔來。

「現在不是說這個的時候！」我緊張地說道：「我們快點逃走！」

「快跑吧，只有你一個人的話一定能跑掉，反正他們的目標是我……」

「妳在說什麼，要跑當然是一起跑！」

「他的話沒錯。」

「欸？」

「……就算不是在東方，我也是帶來災厄的吸血鬼，他的話提醒了我，我是**『滅族者』亞麗莎．弗雷．德古拉**！」她回頭的那瞬間讓我呆了，恍惚不明的燈光照在她臉上，苦澀和悲傷交雜的神情讓我莫名想落淚，她現在看起來相當哀戚。「你就是被我拖累的……雖然我們沒有關係，但是因為你救了我，才會碰到危險……對不起……」

我沒辦法答話，面對她突如其來的悲傷，我說不出任何一句話。

不管是誰都會出手相救吧？不管她是誰，又或者就算目擊的人不是我，都會選擇幫助她吧？但是，為什麼我說不出這些話？為什麼我沒辦法反駁她呢……

我知道原因，因為我相當明白我和她的「身分」完全不同。

「所以，你快滾吧，滾得越遠越好，別再讓我看見你……再見了。」說著她跑過來，一把撈起地上的「德古拉之牙」，踩著不穩的步伐往五個男人的方向衝去。

瞥見她掛著一抹淺淺微笑的側臉，我的心突然被什麼東西一揪。

「殺了他們！」斷了手的男人尖叫，拔出泛著銀光的匕首朝我而來。「你居然砍斷了我的手，我要你付出代價！我要你用你的命來償還！」

雖然受了傷，但他的動作依然相當敏捷，我想閃開攻擊，但是身體完全跟不上腦袋的速度，就見著那匕首朝我的腹部刺來——

噗滋。

我被刺中。

抖M的半吸血鬼

Masochistic Dhampir

Chapter 3.

M ⇆ M

我的腹部瞬間被匕首填滿，我卻沒有任何飽足感，取而代之的是劇痛和噁心。我清楚感覺到胃部破了一個洞，同時間有什麼東西從那個破洞流了出來，在我的身體裡翻攪。我吐了，除了晚餐，還有黑色的鮮血。

我第一個想法很神奇的是「鮮血不可能是黑色的，匕首有毒」，而不是「我死定了」。

「你……人類！」和我近距離面對面的男人被我吐得滿臉，連忙向後退了幾步，把臉上的穢物抹掉，雙眼憤恨得幾乎要噴出火。

老實講，這讓我爽快多了。

我忍不住笑出來，但是卻笑不出聲音。

一道黑影突然撲上了男人，然後狠狠把男人揍飛，是亞麗莎。我見到她那對漂亮的雙眼充血，陰森的獠牙露了出來，全身上下充滿殺氣地擋在我面前，持著長劍面對試著爬起來的男人。

我緩緩回頭，見到四個男人已經變成可悲的屍體，一個男人躺在地上抽搐哀嚎還沒斷氣；我又看向自己的肚子，鮮血就像湧泉一樣不斷從匕首周圍湧出來。

我再也支撐不住，雙腿一軟，整個人向後躺下。我聽到我的後腦勺傳來叩的一聲悶響，卻不覺得痛。

躺在地上看著皎潔的月亮灑下清輝，我從來沒有像這樣覺得滿月如此美麗。接著那輪滿月越來越模糊，感覺它離我越來越遠——

……我要死了嗎？

「……喂、喂！」就在逐漸變黑的世界中突然有道好聽的聲音闖入，吸血鬼亞麗莎的臉就像投影片的淡入效果，漸漸出現在我的面前。

她的臉上是和方才截然不同的神情，不安、難過、擔心以及自責混合在一起，讓她可愛的五官緊緊皺起。

「……他呢……」或許是因為胃破洞的緣故，我講話帶著氣音，而且比自己想像中還要虛弱。

所以，只要把傷口縫起來，我就不會有事了吧？

「跑了……你……」她看向我的腹部，然後把什麼東西抽了出來。

劇痛隨之襲來，我痛得叫出聲，喘著氣看向她，腦袋一片空白。

「這、這把匕首有毒，而且是很強勁的毒……所以就算真的有人能把傷口治好，你也……」她的聲音顫抖著，小小的身子也顫抖著，眼眶泛著水光，一副快哭的模樣。「不是都叫你快點跑了嗎！」

我疲累地揚起嘴角。不知道為什麼，這句話讓我想到的不是對她的恐懼，而是她可愛的笑容。

「你為什麼要笑！現在這種時候怎麼還笑得出來！」她用近乎尖叫的方式叫著，眼眶含著的淚水滴滴答答地落到我的嘴角，味道相當鹹澀。「對不起……

都是因為我……都是我才招來不幸……『滅族者』亞麗莎・德古拉……都是我的錯……都是我才會害你變成這樣……」

她哭得就像孩子一樣，我不禁想到便利商店裡的她。

「不、不過你放心……我一定會……一定會救你的……」她抹掉臉頰的眼淚，語帶哽咽地說：「我絕對不會讓你死……絕對不會！所以你別害怕也別擔心！」

這些話聽起來像是在安慰我，但其實安慰她自己的成分居多，她眼神中的不安遠遠超過我。

她到底在說什麼？不是說我死定了嗎，那她要怎麼救我？

她突然深呼吸，看起來非常痛苦地動了動咽喉。

「我、我要把你變成吸血鬼……」她語氣顫抖著，明顯地感到恐懼，但她還是硬擠出笑容。「放心，沒事的……我很快就會找認識的商人把你變回人類，所以沒事的。」

亞麗莎的臉色慘白、低聲喃喃，越聽越不覺得她是在跟我講話。

她在恐懼什麼？

就在我還一片茫然時，她的嘴迅速湊上我的脖子，我感覺到自己被咬了一口，但很神奇地並不覺得痛。

腦袋就像泡在熱水裡一樣，逐漸舒服起來，然後我察覺自己莫名地在笑，只是不知道有沒有笑出聲，因為除了心跳聲我什麼都聽不到。

撲通、撲通、撲通、撲通，我的心跳聲漸漸慢了下來，最後什麼聲音都聽不見，我想如果我現在有裝心電圖，一定會發出「嗶」的尖銳長音。

可是我還有意識，還看得見那輪朦朧的月亮。

為什麼……

亞麗莎的聲音突然出現在我的耳邊。

魔力……

我竭盡全力地聽，卻依然模糊。

怎麼辦……

月亮越來越模糊，最後我的眼前是一片黑。

有了……

只有亞麗莎的聲音依然存在。

德古拉之牙……

那個聲音就像是存在於我腦袋裡一樣，不斷在我腦海迴盪。

對了……

可是漸漸地，那聲音也消失了，只剩下我一個人在黑暗中。

難道這就是死亡嗎？

我的意識存在於黑暗中，雖然孤獨卻不覺得寂寞。我開始想著一些奇怪的事情，但是下一秒卻又想不起來了，要不然就是什麼都不想地發呆，腦袋一片空白。

我並沒有哭喊也沒有遺憾，什麼都沒有。或許是因為「原本的世界」除了二次元，我對什麼都不留戀——

不，不對，她……那個她……不過，她是誰？那個因為某些東西會生氣、會罵我、笑得很可愛的女孩子是誰？

我想不到答案，但是我想起她那張可愛的笑臉。

加油，一定能想起來……一定可以！

「啪！」突然巴掌聲傳來，接著我感覺到腦袋被重擊，思緒整個被打亂，原本呼之欲出的答案瞬間溜走，我不禁有些生氣。

「啪！」又被重擊了一次，但很奇怪地我的不悅被重擊驅散，還莫名感到開心。

「啪！」這一下讓我察覺自己正在笑，而且笑得和我被言語攻擊時一模一樣——

撲通。

我突然的聽見這陌生又熟悉的聲音。

撲通、撲通。

我知道這是心臟的跳動。

「啪！」這一下重擊讓我的心臟撲通撲通地加快，同時間我感覺到肉體的笨重。

「啪、啪！」這次我知道這重擊是什麼，還且還算得出來是兩下巴掌，同時間我聽見模糊的說話聲。

「啪！啪！啪！」這次的巴掌讓我頓時完全回到現實中，但是跟著巴掌聲的是我詭異的笑聲，我只有被罵到最爽的時候才會這樣笑。

「人類真是奇妙的生物啊……」從沒聽過的男性聲音如此感嘆。

「他真的沒有意識嗎？」熟悉的聲音馬上被我認出來，是吸血鬼亞麗莎。

「為什麼沒有意識的人會這樣笑？」

「總之現在就只能打大力點，看能不能刺激他回復了。」男人如此說道，接著發出嘿嘿嘿的難聽笑聲。

什麼意思？等等，我正準備接受接下來的巴掌嗎？不，我已經醒來了啊！

我連忙要坐起身，卻發現我的身體像石頭般僵硬，除了詭異的笑聲，喉嚨發不出任何聲音。

「啪！」這下巴掌又響又大力，我全身像通電一樣酥麻，接著整個人從床上彈了起來，總算能睜開眼。

突如其來的光線刺痛了眼睛，我連忙用手遮住，等到眼睛適應光線，我發現自己上半身赤裸，亞麗莎就坐在床邊，她身後站著一個怪老頭。

同時間我瞥見床頭櫃上的眼鏡，連忙往臉上一摸，我並沒有戴著眼鏡，卻能把周遭景物看得一清二楚。

我還是習慣性地戴上眼鏡，卻感到一陣暈眩，連忙把眼鏡拿下來。

這是……？

我看向亞麗莎。她雙手扠腰，一副受不了的模樣看著我，她的獠牙微露，壓在她水嫩的粉色下唇上，看起來就和動漫裡常見的虎牙妹一樣，相當可愛。

而她身後的老頭我一點印象都沒有，他全身骨瘦如柴，看起來就像是包著人皮的骷髏，加上他頭頂的毛髮稀疏、眼窩凹陷、鼻梁歪斜、嘴唇乾癟，看起來就像是怪物——他的確是怪物，在他咧嘴而笑時我見到他那對泛黃的獠牙。

「你總算醒了，你昏睡了一個晚上。」亞麗莎用她好聽的聲音說道。

看了看四周，我在一間豪華的房間裡，屁股下是一張又大又軟、鋪著白色床單的雙人床，枕頭是躺下去腦袋就會被埋起來的超軟枕頭；地上鋪著酒紅色的地毯，看起來典雅高貴。

房間裡盡是歐式風格的復古家具，從磚塊壁爐、酒紅色皮質沙發，到白瓷茶具組和銀質燭臺都是歐式風格，雖然似乎有一定的年代了，還是保存得相當良好。若不是窗外的景象，我恐怕會以為我被搬到哪裡的總統套房。

房間外有三片落地格子窗，透過窗戶，我看得見一片茵綠的草原，再更過去則是由白色建築構成的小鎮。

這、這裡是哪裡啊！

我想要出聲但卻發現喉嚨異常地乾燥，只能發出「啊」、「呀」、「嘎」的怪聲。然而不知道為什麼，我迫切地想喝**某種濃稠、有點腥味的東西**，光是想像我就忍不住地嚥了口口水。

亞麗莎拿起床邊的小銅鈴搖了搖，接著房間的木褐色門扉打開，一個女僕推著推車走了進來，推車上放著一罐由墨綠玻璃瓶裝著的液體，以及一只玻璃高腳杯。

不知道為什麼，雖然瓶子被軟木塞塞住，但我卻聞得到從中散發一股撥撩人心的香氣。女僕優雅地拔開軟木塞，啵的一聲讓我的心跳加速。她把瓶中的液體倒入高腳杯中，雙手端到我面前。

杯中的是血紅色的液體，我愣了愣，但同時又因為液體的香氣感到心癢。

我察覺到不對勁，連忙伸手往嘴巴裡摸去——

我的虎牙變成又尖又長、吸血鬼特有的獠牙。

所、所以這是……

我冒著冷汗，僵硬地轉頭看向吸血鬼亞麗莎。

「……為了救你，所以我把你變成吸血鬼了。」她的眼神飄忽不定，完全不敢看我。

我愣了愣，然後看見她眼神中充滿不安，就像個做錯事的小孩。

「不、不過你放心，只有一半！」她連忙補充道：「人類在完全變成吸血鬼前，會處在半吸血鬼的狀態十年左右……半吸血鬼只有在特定的時間才會變成吸血鬼，其他時間都是人類狀態……而、而且，這種狀態下還是有辦法變回人類！」

「唉呀，平常高高在上的德古拉居然會露出這種表情啊？」一旁的老頭突然開口調侃，就像看到什麼稀奇動物一樣上下打量亞麗莎。

「你閉嘴，還沒輪到你講話。」亞麗莎臉色突然一沉，狠狠瞪了老頭一眼，接著重新看向我，臉上的歉意再次浮現。「總之你先把葡萄酒喝掉，那是我自己釀的……半吸血鬼從人類變身成吸血鬼時會有喉嚨異常緊縮乾燥的現象，那叫做『鮮血渴望』……只要喝點……喝點葡萄酒，也就是聖血，就能解除。」

她很明顯地改口，額頭上還有斗大的汗珠。

我看向杯中如同鮮血一般的葡萄酒，香氣不斷地刺激我，加上知道那不是鮮血了，我放心地拿起來一飲而盡。

我喝過幾次葡萄酒，沒有一次像這次讓我想回味，並且再來一杯，芳醇的香氣在我口中迴盪，總覺得我能把一整瓶都喝完。

……吸血鬼都這麼會釀酒嗎？

「好喝。」我忍不住說道，把酒杯還給眼前的女僕。此時我才注意到她並不是人類也不是妖怪，而是看得見關節，就像模型一樣的等身**人偶**，只是做工相當精細，若不是手肘上的關節我真的認不出來。

這、這東西我也想要買一隻！

「這還用說，因為是我釀的。」亞麗莎似乎很喜歡這樣的稱讚，一掃臉上的陰霾笑了笑，還驕傲地挺起平坦的胸膛。

人偶女僕收好東西，將推車推出去，輕輕帶上了門，動作就和人類一模一樣。

「別這樣盯著我家的人偶，你這個噁心店員！」

她狠狠瞪著我，我馬上做好備M到最高點的準備——

但我沒有叫出來也沒有笑，甚至還覺得受傷。

欸？欸欸——怎麼回事？

「……你不是被罵的時候都笑得很噁心？」就連吸血鬼亞麗莎也察覺到不對勁，歪著頭眨眼看了我幾秒，臉色突然一變。「不、不會吧……雖然可能性很低，但你……做一下自我介紹！」

「欸？」我有些困惑。

「自我介紹！」她焦急地叫道：「連自我介紹的意思都不懂了嗎？你不會變成白痴了吧？白痴噁心店員！白痴噁心垃圾店員？」

喂，怎麼越講越過分？

這句話讓我深深感受到心靈受創——也讓我緊張了起來。我很確定這樣的話平時一定會讓我爽到升天，才不會有什麼難過的感覺。

「我、我叫做林家昂，十九歲，科大森林系一年級升二年級，體質相當糟糕是個精神M！」說完，我連忙用快點罵我的眼神看向眼前的吸血鬼。

「變、變態！」她顫抖著罵我。

現場瞬間沉默。

「完蛋了。」我和吸血鬼亞麗莎異口同聲。

不、不對，M體質治好了我應該開心才對，為什麼要難過？

但是，我莫名有種身體的一部分被拔走的感覺。

「轉生成半吸血鬼的時候……」吸血鬼亞麗莎緩緩說道：「有千分之一的機率會變得和原本的狀態不一樣，從過去的例子來看，有失憶，或是性格一百八十度大轉變的可能……」

「但、但是我沒有，只有消失某部分的性格……？」

「這還不一定喔。」一旁的老頭突然說道，站到我面前，二話不說狠狠地甩了我一巴掌。

「你……」我原本想罵人，卻發現自己罵不出來。

因為我在笑。

「啊……那張噁心的臉……」亞麗莎露出鬆一口氣的模樣。

不會吧，我、我從精神M變成肉體M了啊啊啊——！

「不過，為什麼只有這點轉變？」亞麗莎蹙起眉頭，露出不解的神情，就像是看到水的貓，模樣相當可愛。「過去沒有這種只有一部分性格轉變的紀錄……」

「毒。」一旁的老頭皺了皺他那歪斜的鼻子，一面說：「他身上有毒的味道，而且很重。」

「什麼毒？」我再次和她異口同聲。

「別學我說話，噁心鬼。」她瞪了我一眼，然後做了個鬼臉。

「除了蟾蜍毒，還會有什麼毒嗎？」老頭笑著說：「為了讓不老不死的吸血鬼死掉，他們用的毒很特別啊！因為轉化重生的關係，毒性沒有發作，但是讓轉化的過程出了點差錯——從現有的情況推斷，我的結論是這樣。」

我的嘴角抽動。光是精神M就會讓我想辦法討罵了，那現在這樣子……想像了我可能會做的事情，我冒出冷汗來。

「不過也因為這個毒，他現在沒辦法變回人類。」老頭摸了摸下巴，說道：「他一變回人類，毒就會活性化……」

「……就會死。」亞麗莎臉色一沉，說道：「你有解藥嗎？」

「沒有。」老頭直截了當地說，瞥了我一眼，嘿嘿地笑了起來。「這是我第一次見到這種毒，他們是很認真地想殺妳啊！德古拉家最後的血脈，只要殺了妳，他們不只可以得到至高的榮耀，還會有不錯的獎賞呢！」

老頭看起來像是知道些什麼。

「少囉嗦！」亞麗莎的語氣一點都不友善。「你只要帶我去他們那裡就好了，其他的你別管。」

我不禁想起亞麗莎曾經自稱「不幸的吸血鬼」和「滅族者」，她過去到底發生了什麼事？

「什麼都不管？這可不行，我要管錢的事情喔！」老頭說著，右手的大拇指和食指相互搓弄。

「我知道。」亞麗莎那張可愛稚嫩的臉現在看起來莫名成熟。「這棟房子，你估價多少？」

「所有家具加上建物，五千萬，所以我讓妳先借五百萬元，利息一成。」

老頭不假思索地說出這個價錢，明顯是早就計畫好，他現在笑得更加燦爛。「還有妳之前說要賣牙粉、指甲和頭髮對吧？」

我聽得毛骨悚然，看向亞麗莎，但她表情鎮定地點了點頭。

「有德古拉之名的加成，各樣物品提供十份，一共三百萬。」

「等、等一下！妳要抵押房子？還有賣牙粉什麼的，是怎麼回事？」我連忙問道。

「別吵。」她瞪了我一眼，一副下定決心的模樣。「我再提供皮膚跟手指，一樣十份。」

我屏住呼吸，不可置信地看向她。

這是什麼意思？她說的這些……

老頭歡呼了起來。

「我出六百萬！」他笑得嘴角都快揚得和鼻頭一樣高。「真是大手筆啊，吸血鬼大人！」

「現在是怎麼回事！」我大叫著，試著讓他們回答我的問題。「什、什麼手指頭和皮膚……」

「就是你想的那樣。」老頭看向我，笑得眼睛都瞇成了一直線。「她要把身上的東西弄下來給我，我會付錢跟她買……剛剛的單位都是美金喔！」

「為什麼要這麼做……」我顫抖地問道，其實我心裡都知道答案。

「我一定會讓你變回人類，不計代價。」亞麗莎說著，卻不敢正眼看向我。

「我是負責把你變回人類的商人，這次的魔法相當特殊，所以我開價一千萬美金，我認為這是合理的價格。」老頭接著她的話說：「對了對了，我好像還沒自我介紹？我是李星羅，專營萬年雜貨鋪。萬年雜貨鋪，什麼都有、什麼都賣，完全滿足您需要的存在，請多指教！」

他微笑道，露出一口泛黃的爛牙。

一、一千萬美金……

「妳為什麼要為了錢傷害自己！」我看向亞麗莎，聲音顫抖。

「因為沒錢。你是睡到腦袋都傻掉了嗎？只要能把你變回人，這不算什麼……」她說，臉上不帶任何表情，那對血紅色的雙眼直直盯著我。「而且我就算受傷了也沒關係，馬上就會復原……因為我是吸血鬼。」

她露出笑容，但這笑容充滿虛偽，一點都不適合她。

我很心痛，也很生氣，沉默地走下床，站到她面前。我深吸一口氣，接著狠狠敲了她的腦袋瓜。

「會痛吧？」望著一臉驚訝的她，我說道：「我剛剛被甩巴掌的時候就發現了，雖然回復得很快，但是吸血鬼一樣會覺得痛。」

「這不算什麼。」她的頭微微垂下。

「怎麼會不算什麼！」我咬著牙，按著她嬌小的肩膀。「沒有必要為了我這麼拚命吧？」

「你不懂。」她的聲音小聲得我快聽不見。

「妳不說我怎麼會懂！」雖然感覺她下一秒就會哭出來，但我並沒有退縮。

「『你不懂』是最爛的藉口，事情要說清楚別人才懂啊！」

她抬頭，從她的眼神中我看見一絲黑暗。

「人類和吸血鬼有很多差別，其中一樣就是時間……你懂嗎？無限時間的可怕、無限時間的沉重，你懂嗎？看著自己所愛的人們一個個死去，就算交了新朋友也必須看著他們死去，你會在這樣的世界裡不斷輪迴……你懂嗎？」她緩緩說著，語調總是在「你懂嗎」的時候拉高。「有些吸血鬼正是因為這樣發狂，更不用說人類……」

除了黑暗，她的眼神裡還有滿滿的哀傷，加上這些明顯是她經歷過的話，讓人不禁發寒，我理解到她為什麼堅持要把我變回人類。我一時間不知道該說些什麼，因為責備哀傷的她是相當殘忍的事，而且說穿了她也都是為了我才會自願傷害自己。

但是，我還是不能認同，不能認同她為了我受到傷害。

……該怎麼辦？

「德古拉該不會是指那件事情吧？」自稱李星羅的老頭突然插話：「導致德古拉家族滅亡的**那位**，原本也是人類呢，但是……」

「別多嘴！」亞麗莎瞬間變得激動，眼神中的黑暗又隱藏了起來，取而代之的是憤怒，她狠狠瞪了李星羅。「臭殭屍，沒人叫你說多餘的話！」

殭屍？

「是、是！」李星羅笑著攤手，露出的表情就像是錯過了什麼好事，總覺得他是真的想把事情說給我聽。

「……總之，要先幫你拿到解藥。」她回頭看向我，明顯不打算繼續剛剛的話題。「那邊的臭殭屍，情報費和運輸費要多少？」

「情報費一百萬，運輸費一人五萬。」李星羅直接報上價碼，一點思考都沒有，或許他早就知道她會這麼問。接著他意味不明地看了我一眼。

一想到他們說的單位全是美金，我忍不住嚥了嚥口水。

為了我花這麼多錢、承受這麼多痛苦和傷害，她到底發生過什麼？有什麼我可以幫忙的嗎？

「如果解藥還有剩，你打算花多少錢收購？」吸血鬼亞麗莎突然這麼問。

「嘖嘖嘖……」李星羅咋舌，摸著下巴思考幾秒後露出笑容。「不收購，因為沒價值也不會有人需要，簡單地說就是垃圾。」

精明，這是我的腦袋裡對他唯一的形容詞，能在一瞬間做出估算，想必他已經在這個商場打滾了許久。同時間我也知道亞麗莎相當窮困，已經到了什麼東西都想賣的地步，這讓我更加不安和難過。

「那我們立刻出發吧。」她說著，然後看向我。「你先回去，等拿到東西後我會去便利商店找你。」

「我接下來兩天都沒有班，所以我也要去！」我連忙說道：「加上我不知道怎麼回去，所以也讓我去幫忙！」

「怎麼回去？你去打開一樓大廳的大門就可以回去了。雖然這裡是位在羅馬尼亞的德古拉古堡，但是大廳的出入口被我用魔法連結著臺灣，你只要打開門就可以回到便利商店附近，還有問題嗎？」她的眉毛微揚，一臉輕視的模樣。

「還有，你這個廢柴想幫什麼忙？連『現在的我』都打不過……滿月時吸血鬼的力量會受到壓制，所以我現在處於最弱狀態，你連這樣的我都打不倒，還想幫什麼忙？」

「……抱著妳逃跑？」

「嘖！」她狠狠踩了我一腳，我痛得倒在地上——但我不是哀嚎而是放聲大笑。

好、好噁心啊！我怎麼會變得這麼噁心！

「那天只是湊巧，而且說來說去都是你害的！如果不是你我就不會分心，我沒分心就不會被刺傷中毒！」她睨著我，一副高高在上的模樣，如果是精神M的狀態，我一定會跪地叫她女王大人。「而且我也沒有要你雞婆！那、那種情況下我自己也能解決！少自以為是了，廢物！」

她哼了一聲把頭別開，也因為這樣完全沒注意到她已經走光，水藍條紋的內褲就在我面前因為裙襬而若隱若現。但是我的注意力完全不在那裡，而是在她穿著黑色長襪的腳。

好想叫她踩我……

「你在看哪裡，變態！」我的心願瞬間達成，她厭惡地一腳踩在我臉上，這讓我瞬間叫出聲來，嘴角揚到最高、心情爽到最高點。

糟、糟糕，我已經快要喜歡這種M法了，比精神M還舒服啊！

「……好噁心。」亞麗莎把腳收回，就像是踩到狗大便一樣在地上擦了擦，

然後嘆口氣，轉身。「李星羅，我們走。」

「嘖嘖嘖！」李星羅嘿嘿笑著看我，就像是看見稀有動物一樣。他站到其中一面貼著米黃壁紙的牆壁前，從懷中拿出一張畫著五芒星的長方形紙片，口中念念有詞——是日本的陰陽道，我在漫畫裡看過，所以立刻就認了出來。

不過殭屍用陰陽道，畫面實在有些微妙。

李星羅把紙片往牆面一貼，符紙發出白光，瞬間變成一道玻璃自動門，叮咚一聲地向右滑開。

我看得目瞪口呆，同時也相信亞麗莎剛剛說的——雖然我人現在在羅馬尼亞，但是只要開門就能回到臺灣。亞麗莎想都不想直接走進去，顯然已經不是第一次這麼做。

糟了，我該怎麼做？

「亞、亞麗莎！」我連忙叫道。

「我說過，不准叫我的名字。」她回頭看向我，俏皮地吐了吐舌頭，做鬼臉道：「你不用擔心，我才不會有事，我又不像你是個廢物。雖然滿月讓我的力量大減，但是我一定會拿到解藥。」

「亞麗莎！亞麗莎！亞麗莎！亞麗莎！亞麗莎！亞．麗．莎！亞——麗——莎——！」

她一副我是智障的模樣無言地看著我。

「怎樣，不爽就過來咬我啊！」我賭氣說道：「我才沒有拜託妳這麼做，不管妳過去遭遇什麼……但是，比起愁眉苦臉，妳更適合……妳更適合笑容！」

這些話讓我的臉頰微微發燙。

亞麗莎的臉也略微泛紅。

「這、這麼明顯的挑釁誰會上當啊！」她叫著又做了個鬼臉。「趕快把衣服穿上！你這個喜歡裸奔的變態男！」

她指向掛在床腳的衣服，是我的上衣，我連忙穿了起來。

「臭死了，你的衣服……」她說著把視線別開。「所以我把它洗乾淨了。」

的確，衣服上面有著亞麗莎的味道。

「你不准跟過來聽到了嗎。雖然你也是吸血鬼，但是你不用牽扯進來，你的心靈依然是人類，和我不一樣……所以……」

她沒有再說下去，就在我以為對話結束時，她突然向我露出笑容。

「謝謝。」

亞麗莎轉身往商店裡走去，同時間自動門從四個角落開始消失。李星羅笑著說聲Adios，也走進商店裡，留下我一個人。

這樣子，真的可以嗎？

我盯著他們的背影，猶豫不定。

我知道亞麗莎是為了我好，但是她真的有必要做到這種地步嗎？不，不對，她根本沒必要這樣，也不需要自責，因為一切都是我自作主張幫助她的，因為我是個想討罵的變態！

想到這裡，我忍不住笑了出來，也確定了我接下來到底想要怎麼做。

既然是自作主張，那就沒有後悔的必要！

我又喊了吸血鬼——亞麗莎的名字，然後在她回頭的瞬間一個箭步衝出去、跳進自動門裡。自動門消失了，在我的身後只有一道泛黑發霉的牆。

我得意地對她做個鬼臉。

「你、你……」亞麗莎臉色刷白，漂亮的小嘴半張，同個單字跳針地在她口中重複出現。

我微笑著，然後把她抱進懷中。

「雖然不知道我可以做什麼，但是我可以抱著妳逃跑。」我故意耍帥，低聲地說。

我很確定我接下來的下場，想到這裡我的嘴角就抑制不住地微揚。

「哈哈，小兄弟你這句話說得真好！你這笑容也超帥的！」一旁的李星羅大力鼓掌。「如果我是德古拉的話一定會哭出來！不過……你做好見識地獄的覺悟了嗎？」

我馬上被一股強勁的力量推開，整個人撞在牆上，亞麗莎明顯用了全力。

我咳了幾聲，因為反彈的力道而摔倒在地，同時見到亞麗莎滿臉通紅，又氣又羞地咬著下唇、帶著殺氣的血紅色雙瞳狠狠瞪著我。

「你、你這個笨蛋……李星羅，把他送回去！」她的聲音顫抖，這句話不是請求而是命令。

「就算妳把我送回去，我也會馬上回來！」

「你、你這個大白痴！」她朝我走了過來。

我的心跳加速。

亞麗莎伸出手，痛揍了我一頓。

我愉悅地尖叫到失聲。

Chapter 4.

S的笨拙

亞麗莎喘著氣，臉蛋微微泛紅地瞪著我，而我則是叫得岔氣，在地上爽到差點抽筋。

她絲毫沒有手下留情，一共折斷我的手三次，打斷我的腳七次，弄斷我的肋骨十三次，這還不包含瘀青和流血的次數。因為吸血鬼強大的自癒能力，雖然痛但是馬上就可以復原，我由衷覺得吸血鬼是當M的最佳種族，可以享受到無限快感──只要打你的人也有無限的體力。

不過，我有點在意……亞麗莎的復原能力有我這麼強嗎？我記得她受傷時也沒有像我好得這麼快。

「你到底為什麼這麼固執……」她的語氣雖然帶著疲憊，但還是強力地指責著我：「為什麼！」

「沒有為什麼。」我也喘著氣說：「只是妳這樣拚命，老是想自己承擔一切，我單純看不下去而已。」

「是我害你變成這樣的……我是會害人不幸的吸血鬼，你明明就親身體驗到我身上的**詛咒**，但是為什麼……為什麼你不怕我？為什麼你不罵我？為什麼你要對我這麼好？」

她咬著下唇，小小的身子微微顫抖，說著讓人聽了就難受的話語。

「會嗎……對我來說是很棒的吸血鬼啊！」我緩緩站起身，一邊張開雙手，一邊露出笑容。「這麼可愛的吸血鬼，光是用看的就覺得被治癒了！」

我沒有說謊，我是真心這麼認為，亞麗莎的外表真是可愛得想讓人緊緊擁入懷中，就像隻可愛的貓——雖然內在是頭獅子。

「噁心……」她的語氣突然變得軟弱無力。「你這個奸詐鬼……」

「是、是，我本來就很噁心奸詐。」我聳肩。

「變態……」她微微低頭，眼睛向上地看著我，一副受委屈的模樣，看起來就像是隻想討抱抱的小貓。

「我這樣不叫變態，那這個世界就完蛋了。」我說出我的肺腑之言。

「白痴……」她的聲音顫抖著。

「我本來就不怎麼聰明。」

「笨蛋……」她突然大力地吸了鼻子。

「夠了喔，連續兩次罵我笨。」我輕推她的額頭，輕聲說道。

「怪人！」她撥開我的手，轉過身去抹了抹臉，然後邁開步伐往前走。「不管你了，跟屁蟲！不過不准妨礙我！」

一旁的李星羅笑了起來，看了看我，又看了看亞麗莎的背影，心裡似乎正在盤算些什麼，笑得像個奸商。

「能看到德古拉露出這種表情，這筆生意出乎意料地有趣啊！」他注意到了我的視線，像是在演歌劇似地誇張說道，然後微微瞇起眼上下打量我。「總覺得你們相當值得投資呢……」

這樣的眼神和莫名的話語讓我有些緊張。

「總之，先去拿解藥吧？」李星羅的笑聲變成嘿嘿嘿嘿的模式，讓人感到相當不舒服。他也往前走去，我跟在他的屁股後面。

此時我才注意到身旁商品架上擺放的瓶瓶罐罐。

我們在一條燈光昏暗的走道上，兩旁擺著看起來年代久遠、明顯有些腐朽的深咖啡色木架。櫃子上陳列著玻璃罐裝的商品，外頭貼的商品標籤寫著充滿妖怪風格的內容：金髮美女的眼球、龍的屁股毛、大腳怪的指甲……諸如此類的東西。

罐子的內容物不盡相同，有的泡著不知名的液體，有的則是風乾狀態，唯一的共同點是都很噁心。那些理應在奇幻小說裡才有的東西，此刻真實陳列在我面前，我不禁打了個冷顫，然後加快腳步。總覺得那個金髮美女的眼球一直瞪著我。

走道盡頭是一個寬闊的空間，中央靠牆的地方設有結帳櫃檯，櫃檯後面有一道深褐色的門。結帳櫃檯是用木板拼起來的，相當現代風而且整理得很乾淨，和這家店格格不入。

櫃檯前除了亞麗莎就沒有別人，她正抽著不知道哪裡掠奪來的衛生紙，背對著我們，從聲音聽得出來她正在擦鼻涕，她的腳邊已經有了好幾團衛生紙球。

「你這邊的灰塵也太多……到底多久沒打掃了……」她每說一句話就用力地擤一次鼻子，一點形象都沒有。「害我一直流鼻水……渾蛋……邋遢蟲！」

「天啊，衛生紙也要錢耶！」李星羅心疼地大喊。

「少囉嗦！少囉嗦！」她叫了兩次，用紅通通的眼眶瞪了我們一眼。她的眼睛現在真的是一片通紅，不只瞳孔，連眼白部分也是。

她哼了一聲，又把臉轉回去。「垃圾、變態、小氣鬼、邋遢鬼！」

亞麗莎就和鬧彆扭的小孩沒兩樣，莫名把我拉進去一起罵。我有點慶幸我已經不是精神M，不然我一定會全身酥麻到站不起來。

「你這粒大灰塵還不快點想辦法讓她停下來！」李星羅焦急地推了我一把。

「不然衛生紙都要被抽光了！」

……這是要我怎麼阻止她？

「亞麗莎？」我站到她身後，試探地叫道。

「走開，不准你這個糞金龜叫我的名字！」她回頭瞪了我一眼，鼻頭一片通紅，就像隻紅鼻子馴鹿。她還不斷從喉頭發出呼嚕嚕的怪聲，就像隻在威嚇人的貓。

我忍不住笑出來。

「笑、笑什麼笑！」似乎是被我的笑聲嚇到，亞麗莎露出恐慌的表情。

「……鼻子。」我指向自己的鼻子，她馬上明白我的意思，臉蛋唰地紅了，同時又有鼻水流了出來，模樣看起來相當好笑。

我又笑了，無視李星羅的叫聲抽了張衛生紙，替她把鼻涕擦掉，由衷地認為她和小孩沒什麼兩樣。

「嗚唔！」她的鼻涕被擦掉後連忙把我推開，鼓著變得更加紅潤的腮幫子指著我叫道：「誰、誰准你這樣做了！只有菈菈可以幫我擦鼻涕，其他人都不准！特別是你！變態噁心垃圾糞金龜店員男！」

她狠狠踹了我的小腿幾腳，痛得我抱住小腿開心大叫。

「活該！」就像是陰謀得逞的小孩，她雙手抱胸，一臉得意，接著瞪向李星羅。「你看夠了吧？」

「我的衛生紙……吸血鬼妳也太任性了！」李星羅嘆口氣，走到櫃檯旁敲了敲同樣發霉的牆壁。一道黑色的喇叭鎖門出現在面前，將門打開，門的另一邊是一片漆黑。

李星羅口中念念有詞，一個黑色的孔洞突然出現在他手邊，裡面掉出兩本綠色小冊子，剛好落到他手中，接著孔洞迅速消失。

「拿去。」李星羅心情不怎麼好地把東西遞上，一人一本。

兩本綠皮書上有著燙金的字體，寫著「妖怪護照」四個大字，看起來有模有樣，和真正的護照差不多。我隨意翻了翻，發現裡頭記載著某棟大樓各層樓的平面圖，以及平時的人數和位置分布。

「好了，去吧。」李星羅嘿嘿地笑了起來，看向我說道：「你只要拿著『護照』，就會到『護照』上所指示的地點附近了，要回來時只要撕掉最後一頁，我就會負責帶你們回來。」

「……你真的要去？」亞麗莎血紅色的雙瞳帶著擔心。「現在是滿月的第二天，是吸血鬼衰弱的三天裡最弱的日子。加上我有一段時間沒有吸人血，我的力量和最強時期的差距就像冥王星和太陽一樣遠，我沒有餘力保護你。」

「那妳可以別去……」

「我只是想快點把你這個噁心的煩人精趕走。」說著還哼了一聲。

「那我就更要跟去了，危急的時候才可以抱著妳逃走。」我逞強地說。

「笨蛋！」她說著狠狠踢了我一腳。「死掉我才不管你！豬頭！我一定會把你放生！白痴！」

因為爽得酥麻，所以我沒辦法回應。

「再見！」她毫不猶豫地往門裡走。

我連忙跟了上去——穿過門的瞬間，我聽見嗡的一聲低響，然後注意到手中小冊子上的燙金字體正逐漸消失，最後只剩下綠色的封皮。

等我回過神時，我們已經身在一條堆滿垃圾而臭氣沖天的防火巷中。

我摀住鼻子，跟在亞麗莎身後前進，很快就到了馬路邊，熟悉的街道場景接著映入眼簾。

這、這是什麼巫術……

沒多久前我們人在羅馬尼亞，轉眼間就已經在——我忍不住捏了捏自己的臉頰，痛得讓我發笑。

「這種時候還要變態？你這個噁心鬼！」亞麗莎嘆了口氣，就像是我是什麼糟糕生物一樣。「我到底在做什麼，居然帶你這種一點用處都沒有，只會笑得很噁心的阿米巴原蟲來！」

「但是妳很感動，不是嗎？」我調侃道。

「你……」亞麗莎咋舌，鼓起微微泛紅的面頰。「才沒有，你這個自戀狂！」

她哼了一聲，轉身走在我所熟悉的街道上——

這裡是臺北，我成長的地方，而且還是我家附近。我現在隔著一條馬路和國父紀念館對望，抬頭還看得見一〇一大樓，所以我很確定這裡到底是哪裡。

那個讓我有被虐傾向的家庭——我突然感到頭痛，而且是讓我嗨不起來的痛法。

「你幹嘛！」亞麗莎叫道：「臭烏龜，別慢吞吞的！蝸牛男，別拖我的時間！」

我連忙用小跑步追了上去。

「……這種地方也有妖怪嗎？」為了忘記頭痛的感覺，我隨便找個話題，然後四處張望，沒發現身邊有人看起來和亞麗莎很像。

同時，我發現因為亞麗莎可愛的外貌和有些誇張的裝扮，讓路人們不斷地注意她。

我驕傲地挺起胸。

這女孩是我的……朋友？至少我能走在她身邊。

但亞麗莎似乎不喜歡被人關注，以凶狠的眼神把投來的目光一個一個瞪回去。

沒必要這樣吧？

「你眼前不就有一個嗎？」她突然說道，我想了一下才意識到她在回答我的問題。「而且你自己也是。」

她的答案讓我有點哭笑不得。

「這個時代，極大部分的妖怪都融入人類社會中生活，有的是因為不想要滅亡，有的是因為覺得需要改變，有的是因為單純喜歡人類。」

「不想滅亡？」這一點讓我有些好奇，在我印象中妖怪是強大的存在，不應該滅亡才對。

亞麗莎看了我一眼，總覺得她一眼看穿了我的想法。

「真的是除了噁心以外就什麼都沒有，笨——蛋！」她搖頭嘆氣，一副我真的無可救藥的模樣。「你想想，你所聽過的神話或是童話故事，不都是人類被妖怪攻擊，然後人類把妖怪打敗嗎？」

我點了點頭。

「但是你認為妖怪會突然攻擊人類？」

這個問題讓我愣住。

「那只是人類自私又自以為是的想法而已。以『我們』的角度來看，我們會攻擊人類是因為人類侵犯到『我們』。不管是資源或是土地，對人類來說很重要的東西，對妖怪而言也非常重要，就因為侵犯到『我們』的地方，所以『我們』才會下手。舉例來說，過去常常有人闖進德古拉古堡說要把吸血鬼殺光。」說著，亞麗莎的臉上明顯出現不悅。「所以我們以前也不怎麼需要出門，就會有一群傻蛋送上門來給我們吸血。」

那些人闖入古堡時的模樣、最後的下場及接下來傳出的流言，不用想便知道。不過這些難道都是吸血鬼一族的錯嗎？人類闖進他們的居所並且揚言殺光他們，吸血鬼為了自保才會下手，為什麼到最後會變成吸血鬼的錯？

用人類對人類的角度來看，一個人闖入另一個人家中並且揚言把對方全家殺光，怎麼看都是犯罪行為。現在只是把被闖入的一方變成妖怪，難道這樣就不構成犯罪行為了嗎？為什麼只是換個對象就變得不一樣了？

「因為有點不一樣就被稱為『妖怪』，還受到莫名攻擊，你不覺得這個世界根本有病嗎？」

她說的我完全無法反駁，同時感到些許的罪惡感。

「雖然也是有些瘋子會喜歡殺人，像是第一代德古拉當家，你們熟知的德古拉伯爵。他認為這是個弱肉強食的世界，被殺只能怪自己能力不足，但是他最後卻被團結起來的人類合力討伐，最後屍骨無存。」亞麗莎冷笑了幾聲，就像是在嘲笑德古拉伯爵一樣。「託他的福，我們德古拉一族從此沒有平靜的一日。雖然還是有不少笨蛋送上門，但也有不少家人被殺害，大家漸漸明白不管再怎樣擁有力量，也不會是擁有智慧的人類的對手。」

她嘆口氣。

「人類在指責我們『可怕』的時候，卻也不曾想想自己有多『可怕』。事實上，最可怕的是人類才對。」亞麗莎似乎想到了什麼，補充說道：「『我們』當中很少有人會殺害自己同類，但是人類互相殘殺卻時有所聞，而且常常是因為奇怪的原因。他們欺負『我們』的手段也相當殘忍，我曾經見過同類被開腸剖肚、凌虐致死。我有好幾個姐姐被人類抓走，受盡玩弄後才被虐殺。老實講，人類比『我們』還要可怕。」

她說到這裡，臉上出現一絲陰霾。

「所以，我討厭人類。」她最後這麼說。

我屏住呼吸，不敢說半句話，也能理解她為什麼會把投來的視線一一瞪回去——突然我注意到竊竊私語的聲音，他們在討論亞麗莎。

「好漂亮的女生，是混血兒？」

「去跟她搭訕啊！」

「瞪什麼瞪？長得漂亮一點而已，有什麼了不起？」

「婊子，大概和不少人睡過吧？」

……這些人……

「人類的惡意有時比『我們』的力量更殘忍。」亞麗莎顯然也聽到這些評論，瞥了我一眼。「不過，你真的是個異類……但我還是討厭你，噁心鬼！」

「……亞麗莎，該不會妳的家族是因為……」

「才不是，我警告你別問也別多嘴。」她瞪了我一眼，語氣中帶著明顯的威嚇。「吸血鬼再怎麼說都比人類強大，不可能只因為一個小鎮的人類就讓我的家族滅亡……」

她越說越小聲，到最後閉上嘴，只是斜眼瞪著我。

「總之，不關你的事。」

「……嗯。」

我們頓時陷入一陣尷尬。

「我現在告訴你幾項吸血鬼該注意的事情。」她嘆口氣，把尷尬終結。「你給我把耳屎挖乾淨聽清楚！」

「妳等一下，讓我挖……」說著我馬上動手要挖耳朵——她狠狠踩了我一腳。

「髒鬼！」

「啊啊……是，您說的是，這腳超棒的！」

她一臉鄙視地看著我，我有點發寒。

「吸血鬼不是就怕陽光、大蒜和十字架嗎？」我連忙說道，然後硬是擠出笑容。

不管是怎樣的悲傷，我一直相信只要微笑，就可以把一切悲傷忘掉，所以我就拚命地笑，這讓我在忘掉悲傷的同時也養成了M體質。過去只要碰到悲傷或是被責備，我就是笑，久而久之就變成只要被責罵就會笑，進而感到愉悅。

當然我笑的目的不是希望亞麗莎也變成M，我由衷希望她越S越好。我只是單純地相信，看到笑容也能讓人忘記悲傷，我相信笑容有這樣的力量。

但是我錯了。

「……幹嘛笑，噁心死了！」亞麗莎一副毛骨悚然的樣子，搓搓她白皙的手臂，就像是看見發臭的腐敗垃圾一樣露出滿滿的厭惡，快速地和我拉開距離，只差沒捏住鼻子。「小心我報警，你這個猥褻物！」

如果我現在是精神M，我一定會爽得躺在地上抽搐，但我現在只覺得難過。

好想哭！

「還有你答錯了，白痴！」

「平胸。」我不甘示弱地做出反擊，但馬上就後悔了。

她怒氣沖沖地瞪著我，氣勢駭人，感覺下一秒就會噴出火來。幸好現在是在大街上，不然她一定會撲上來把我的脖子折斷——雖然感覺那會很爽，但是我不確定吸血鬼的自癒能力能不能把折斷的脖子復原。

「……你給我記住！」她撂下狠話，大力踩著步伐，蹬著地板往前走，腳下的木底鞋發出喀喀喀的響聲。「我還會長大！我還會長大！我還會長大！而且臺灣有賣二十五歲以前都來得及的神器……」

她一邊走一邊像是催眠自己一樣地低語。

不過，亞麗莎好像不只二十五歲了吧……？

我只敢在心底吐槽。

她就這樣一路碎碎念地往前走，突然想到的時候會回頭瞪我幾秒鐘才又把頭轉回去，明顯已經忘記剛剛說要和我說明的事情。

最後我們停在一棟看起來有些老舊的商業大樓前，和護照上的照片一模一樣。大樓有十層樓高，外牆貼滿灰白的小方磚，有些地方已經脫落，露出底下的水泥，看起來有十年以上的屋齡。大樓的外牆貼著金色的「水玄股份有限公司」，金色的塗料有些脫落。

這裡……什麼時候有這棟大樓了？

我家就在附近，這一帶就像是我家的廚房，我非常熟悉，可是我真的沒看過這棟大樓。

「是魔法，豬頭。」亞麗莎瞪了我一眼，語氣不怎麼友善。「東方妖怪叫做妖術，這棟大樓被人施展了障眼法，會讓人有認知上的障礙，所以一般人不會特別注意到這裡，笨蛋。」

「所以裡面的員工都是……」我刻意忽略她的攻擊。

「用人類的說法就是『妖怪』，變態。」

她氣鼓鼓的態度讓我一點都不緊張，反而還有點想笑，但一想到大樓周邊很有可能布有他們的眼線，精神頓時又緊繃了起來。

這時候有人從後面撞了我的肩膀，我嚇得整個人往前跳，結果連撞到我的路人也被嚇到。

「膽小鬼！」亞麗莎瞥了我一眼，嘴角終於出現一絲笑容。「應該是他們要怕你才對，不是你要怕他們。你是吸血鬼，是西方世界最強的妖怪，不要膽子小得和老鼠一樣，沒用的廢柴！」

「但是我又不知道怎麼用吸血鬼的力量！」我不甘心地反駁。

「……那就別用，笨蛋。」亞麗莎那對血紅色的瞳孔突然內縮，同時我感覺到一股快讓人窒息的壓迫感——

我想起那天晚上，在她的肚子被刺穿前也有同樣的感覺，只是現在沒有當時那麼難受，頂多有點呼吸困難、難以動作。

「這招叫做血魄之瞳，簡單說就是用瞪得就能讓人不能動，當然不是每次都管用。」亞麗莎緩緩閉上眼，那股壓迫感倏地消失，當她再次睜開眼時，瞳孔已回復正常。「如果有人攻擊你，你就用這招就好，然後你負責守在門口等我。」

「妳、妳在說什麼？我怎麼可能……」

「不然你能幹嘛？帶你到這裡已經是我最大的讓步。」她打斷我，看著我的眼神就像是在說「不服氣的話就反駁我」。

我的確無法反駁，因為我真的沒有自信能打倒任何一隻妖怪。

「這個拿去，當成消遣吧，豬頭。」她從口袋中掏出一張折成四分之一大小的A4紙，然後轉身走向大樓，自動門向兩旁滑開。在自動門前她又回頭道：「你千千萬萬別跟進來，你這個沒用的東西只會拖累我，不准進來聽到沒！」

說完，她才安心地走進去，因為隔熱紙的關係，我看不見她的背影。

……搞什麼啊，明明就只是個暴力、毒舌又嬌小可愛的愛哭吸血鬼，特別是穿這種蘿莉塔的衣服，一點都不適合說這種像英雄一樣的臺詞！說這種臺詞的人應該要穿破舊的斗篷才對！根本吐槽滿點！

我莫名地心跳加速，但一想到她剛剛回頭時的神情，心裡就像被什麼東西揪住。

那硬擠出來的笑容，看得出她嬌小身軀所背負的黑暗相當巨大。

到底為什麼她會被稱呼為「滅族者」？為什麼自稱「不幸的吸血鬼」？我越來越想知道。

我走到路邊的長椅上坐下，然後打開A4紙，可愛又有點歪七扭八的字橫著寫在上頭。

吸血鬼的二十點注意事項☠

等等，為什麼最後那邊要畫個骷髏頭？這是有害的意思嗎？輻射線嗎？

I. 轉變成吸血鬼後有鮮血可望，所以要喝酉

寫錯字了，「渴」望和「酒」……

II. 小心控至力道不然會打傷人

到現在為止最不注意力道的是亞麗莎吧？是寫這個說明的本人吧？

一想到她扁人的模樣，我忍不住笑出聲。

III. 小心大算，不然會發瘋

大算……大蒜？吃了大蒜會發瘋？等等，這是什麼意思？自古以來吸血鬼怕大蒜的原因是這個？

IV. 別曬太多太陽，會便熟

變熟？她以為她是在烤肉嗎……

我完全不懂這項說明的意思，還有點害怕。

V. 別踫十字架，十字架會爆炸

啥？為、為什麼會是十字架爆炸，不是吸血鬼爆炸？寫反了嗎？

VI. 便吸血鬼的時間只有三日月圓時

這個說明她好像之前有講過，只是這種寫法會讓我以為我不是吸血鬼是狼人……不過到底為什麼我滿月才會轉生？吸血鬼不是在滿月時最弱嗎？

VII. 希有的噁心鬼

我已經不知道該怎麼吐槽了，這根本不是說明是她的個人感想吧？

接著她又寫了洋洋灑灑的十三點，不過全是些奇怪的內容，和說明一點都沾不上邊，而且還有三條連在一起，是重複的內容，讓人懷疑她根本是寫完標題後發現沒有這麼多注意事項，為了湊滿二十條才亂寫。

XVI. 我要黑白兔的粉紅瓷杯

XVII. 我要黑白兔的粉紅瓷杯

XVIII. 我要黑白兔的粉紅瓷杯

這傢伙到底是有多想要黑白兔的粉紅瓷杯組啊？而且只有這個沒有寫錯字！

我重新把A4紙摺好，放進口袋，接著起身來到大樓的大門前，仰頭看著這棟商業大樓。

真是的，事情不說清楚就耍帥跑走，這要我怎麼辦啊？真是不負責！

我拿出手機看了眼時間，晚上十點三十八分，三通來自室友修南的未接來電。我按了回撥鍵，馬上聽見他焦急的聲音，但一和他說我沒事，只是人在臺北，他便馬上閉上嘴。

和修南當了一年多的室友，他很清楚我身上發生的事情，加上我說我人在臺北，他大概想歪了——這就是我的目的。

掛掉電話，我用手機自拍了一張。我的臉並沒有太大變化，只是瞳色變成和亞麗莎一模一樣的血紅，還多了一對潔白的獠牙。

我突發奇想地做個自認凶狠的神情又拍了一次，看到結果後笑了出來。

啊啊，我總是在奇怪的時候做奇怪的事。

我抬頭看向天空，一輪漂亮的明月高掛。

接著我深吸一口氣。

最後，踏出腳步。

抖M的半吸血鬼

Masochistic Dhampir

Chapter 5.

抖M的力量——∞

自動門感應到我後向兩旁滑開，我踏進鋪著灰色地磚的大廳，同時間一股味道撲鼻而來——

是血腥味。

我忍不住吞了口口水，同時間感到害怕。害怕的原因不只是鮮血的味道，還有我嚥口水的動作，這根本就是因為聞到美食香味才會有的行為。

我確切地明白，自己是真正的吸血鬼。

連忙拍了拍自己的臉頰，要自己振作一點，深呼吸、吐氣，這樣做了幾輪後我開始往前走。大廳很空曠，沒有任何地方可以藏人，我環視四周並沒有屍體也沒有血跡，面對門口的櫃檯一樣空蕩蕩。

但是，一定有屍體才會有血腥味。

我集中精神聞起空氣裡的味道，發現我的嗅覺變得異常敏銳，除了血腥味外還聞到了紙張的味道、食物的味道、垃圾的味道、廁所芳香劑的味道、電梯的味道，以及亞麗莎身上那股香氣。

是從上面傳來的。

我走向大樓唯一的電梯，電梯門處在敞開的狀態，鐵門上還留有指痕，從手指大小來看明顯是亞麗莎的傑作。電梯門的另一邊並沒有載客廂，而是電梯井和一條斷掉的鋼纜。

我探頭出去觀察，載客廂摔在地下四、五樓的地方，支離破碎，傳來陣陣血腥味。

亞麗莎的味道則是從二樓敞開的電梯門那裡傳來，同樣也伴隨著血腥味。確定死掉的不是亞麗莎後，我鬆了一口氣。

但同時間，我嗅到了危機的味道。

我馬上推開一旁的逃生門，想也不想地往上跑。喀噠喀噠喀噠，我的腳步聲在樓梯間迴盪，聽起來就像是有無數人在奔跑。

我粗魯地推開二樓逃生門，血腥味隨即撲面而來，再加上眼前景象，我忍不住乾嘔幾聲，胃裡一陣翻攪。幸好昨晚到現在我都沒吃，沒東西能吐，不然一定很慘。

一片狼藉，我只能這樣形容。

連接著逃生門的走廊上，數十具死狀悽慘的屍體凌亂地橫躺在地，我實在無法相信這是亞麗莎那個可愛嬌小吸血鬼的傑作。等調整呼吸後，我才顫抖地跨出步伐。

白色的牆面此時開滿了鮮紅的血花，黑色地磚上鋪滿了不規則且黏膩的鮮紅地毯，我踩在上頭，血液的黏稠感和不斷發出的咕啾聲響讓我頭皮發麻。

眼前的屍體穿著西裝或套裝，雖然穿著打扮和體型有著明顯的差異，但仍然有共同點——他們的皮膚微微泛綠，瞳孔又大又黑，就和那天的男人們一樣。

「亞、亞麗莎……？」我發現我的聲音在顫抖，而且不管怎麼試都沒辦法喊出聲音。

我知道我的恐懼不只源於滿地的屍體和血腥的亞麗莎，還有我自己本身。

濃厚的血腥味讓我的喉嚨異常搔癢，不斷嚥口水想壓抑那份感覺，但仍是白費力氣。

我很清楚，停下這份難受的解決方法就是鮮血。

我真的變成吸血鬼了嗎？變成了……妖怪？

我拚命捨棄這個想法，但它卻像黏人的口香糖，緊緊黏著我不放。

很快地我找完二樓所有地方，但除了屍體、鮮血，和被翻了一地的紙本文件外，完全沒有亞麗莎的蹤影。

等等。

我突然注意到地上小小的鮮血腳印，一定是亞麗莎的足跡！我連忙跟著足跡走，最後到達二樓的電梯前。

……她該不會！

很明顯，她是順著電梯的鋼纜往上爬，然後用蠻力打開電梯門進入樓層，根本就是爬電梯井的貞子。我往電梯井探頭，一切如我推測，三樓到六樓的電梯門也是被打開的狀態。

我轉身往逃生門的方向跑，但卻在逃生門前被屍體絆倒，趴在血泊中。

然後，我發現自己站不起來。

我到底在幹嘛……

我緊閉著嘴唇不讓任何一點鮮血跑進口中，但嘴唇上不小心沾到的那一點血液讓我的舌頭在口腔裡暴動，瘋狂撞著牙齒和嘴唇想把鮮血舔掉，就像不是我身體一部分似地不斷搗亂。

趴在血泊裡，我的衣服變得一片血腥，亞麗莎的味道被覆蓋，取而代之的是血腥味，越來越重，越來越濃，很快地除了讓我抓狂的血腥味外，我什麼都聞不到。

我這個……妖怪！

我真的是個口是心非的傢伙，剛才還對亞麗莎那番妖怪和人類的見解感到些許的認同並且認為妖怪和人類差不多，現在卻如此排斥。而且若我不是吸血鬼，我早就躺在太平間裡等人認屍了。

我對自己、對亞麗莎感到恐懼，光是想到亞麗莎下手的模樣我便不能呼吸，

但是——

笑起來的亞麗莎很可愛、為了瓷杯而鬧脾氣的亞麗莎也很可愛，不管她是不是「和人類不同的異類」，我都會主動在她危急時抱著她逃跑、拉著她的手狂奔。

我害怕的是「妖怪的亞麗莎」，如果不下殺手，她真的和一般的女孩子沒兩樣。

這些想法讓我想通一件事。

相對地，只要忍住喝血的衝動，吸血鬼就不是吸血鬼，就像我吐槽亞麗莎的，不喝血的吸血鬼算吸血鬼嗎？我會持否定票，就和亞麗莎一樣，如果不是為了幫我拿解藥，她也不會動手。

所以這樣我就不是妖怪，不是吸血鬼，只是復原力比較強的人類。

一這麼想，我的顫抖便停了下來，然後緩緩站起身。

沒錯，只要不喝血就不是吸血鬼，不是妖怪。

我把嘴唇上的血跡抹掉，然後發現乾燥的喉嚨回復正常，理智已經完全壓抑本能。

我重新邁出步伐，推開逃生門往樓上跑去。

爬樓梯沒有我想像的那麼輕鬆，但我卻不覺得累，就算我現在氣喘如牛，一想到亞麗莎踩著我、氣呼呼罵我的模樣，我就有力氣繼續往上爬。經過六樓時我沒有進去，而是直接爬往七樓，算算時間她應該已經到了七樓——一道人影擋在逃生門前。

是李星羅，那個妖怪商人。

他發現我後一臉驚訝地發出聲音。

「你怎麼會在這裡？」因為長相的緣故，他吃驚的表情看起來相當可怕。

「你居然……沒有跟德古拉在一起？」

他咋舌了一聲，我感覺到有點不對勁。

「這是我的問題，你為什麼在這裡？」我反問，一股不好的預感在我的腦袋中浮現。

「我是商人，只會出現在有生意的地方。」他聳肩，上下地打量我一眼後明白地點了點頭。「你又被拋下了啊？真是溫柔體貼的吸血鬼呢，太感人了。」

「唔！」我反射性地向後退了一步，總覺得我的心思一眼就被看穿。

李星羅嘿嘿笑著，從門前讓開，做了個「請」的手勢。

我警戒地看著他，他的態度實在太過乾脆，但是我想不到他出現在這裡的原因。

「你在找的人就在這扇門後喔！」他說道。

我緊張地嚥口口水，總覺得有什麼地方有問題，但我不覺得我有時間慢慢思考，只能小心翼翼地踏出腳步，一面盯著他一面從門縫鑽進去。

趁我不注意，他迅雷不及掩耳地推了我一把，我還搞不清楚是怎麼回事就跌了進去，接著門迅速地關上，發出巨大聲響。

「你、你……怎麼會在這裡……」熟悉的聲音隨即傳來，我抬頭一看——是件紅白條紋的內褲。

我急忙退到門邊，同時間做好挨揍的心理準備，但卻看見亞麗莎一副慘兮兮的疲憊模樣，以及將我們包圍的蟾蜍們。

這、這是……！

——我是商人，只會出現在有生意的地方。

是李星羅出賣了我們！

亞麗莎的情況明顯不怎麼好，渾身是傷，左額頭還留著鮮血。這些傷口都以肉眼能見的速度復原中，只是速度並不像我那麼快。她的臉色慘白，身上的衣服已經變成洞洞裝，小小的臀部、纖細雪白的腰肢和粉紅條紋的內衣褲一覽無遺，看得比那天晚上還清楚。

「妳、妳怎麼每次都穿條紋……唔噗！」我話才說到一半，她穿著厚底鞋的腳就像飛彈一樣直擊我的臉。

「你也想變成可悲的屍體嗎？」亞麗莎狠狠瞪著我，慘白的臉總算出現些許血色，是一抹緋紅。

包圍我們的人就像看見外星生物一樣，驚疑不定地站在原地看著我們。他們和樓下的屍體一樣，擁有泛綠的皮膚、異常的瞳孔，而且不只如此，他們的長相還十分奇怪，脖子上掛著的不是人類腦袋，而是和蟾蜍一模一樣的頭，雙手的手指還有一層薄膜相連，是蹼。

有點噁心……

他們穿著筆挺的西裝，雙手握著銀色、刻有十字架的長劍——我在二樓的時候並沒有發現這些武器，這些東西八成和李星羅脫不了關係。

李星羅和他們早就有掛鉤，從一開始，整件事情就是個圈套。

「別被那個劃到……吸血鬼和十字架的魔力向性完全相反，平時吸血鬼摸十字架是十字架會爆炸，但是……如果十字架接觸到傷口，吸血鬼的血液會沸騰，雖然不會死，但是……」她咬著牙，似乎已經承受過那樣的痛苦。

「那我們快……」我匆匆站起身去推逃生門。

一股力量隨即把我彈開，逃生門的門把上浮現出由六芒星組成的淡金色圖騰。

「李星羅！」我不甘心地對著逃生門咆哮。

「一切都是他算計好的呢……」亞麗莎冷笑了幾聲，抹掉額頭上的血跡。她身上的傷口已經復原得差不多了。

「為什麼他要出賣我們？」我完全不懂他出賣我們的原因。

「這不是出賣，是生意。」這句辯解並不是從李星羅口中說出，而是亞麗莎所說。「對他來說，只要有錢什麼都能賣，他只是……賣出我們的情報，賣出能有效傷害我的武器。我以前也因為這樣陷入苦戰過，我也知道昨天晚上我們會被襲擊是他的傑作。」

「那妳為什麼還找他……」

「他是妖怪界最強大的商人，只要你肯付錢，什麼都賣。他是最不可靠的夥伴，但是最可靠的商人。」說著，她嘆了口氣。「所以我才不想帶你來，你卻還是自己跟來了，一點都不懂別人的苦心，蠢斃了。」

我錯愕地看著她，說不出任何反駁的話。

「啪、啪、啪！」拍手聲突然響起，我和亞麗莎看向前方，將我們包圍的蟾蜍精突然讓出一條路，一個高大、壯碩的男人緩步走了過來，身旁跟著一個相對矮小的蒼白男人。

是昨晚被我砍掉手的那個男人。

他的右手包著繃帶，少了一大截，臉色青白，就像中毒一般。他恨意滿點地瞪著我，一副恨不得把我生吞活剝的樣子。

「我是這家公司的董事長。」前頭的壯碩男人開口：「我叫做楊光……我們家賴總經理還真是承蒙你們照顧了。」

他皮笑肉不笑的笑臉讓人毛骨悚然，而他口中的賴總經理想必是他身旁的男人。

「月亮都出來了，你還不滾回土裡？」亞麗莎冷冷地說。

「噗！」我噴笑出聲。

不只是我，連他的手下也發出細微的笑聲，這句話在這個緊張的場合實在太過好笑。

自稱楊光的男人額頭冒出青筋，臉色一沉，因為他的身高而讓他的氣勢看起來更加駭人。

老實說，我看不出楊光和蟾蜍精有任何關連。他的身高至少一百九，加上略微黝黑的皮膚和中上的外貌，如同他名字般給人陽光的感覺，跟皮膚泛青、又矮又醜的蟾蜍精很難聯想在一起。他還有著讓我羨慕的好身材，一身西裝剪裁合身，看起來價值不菲，底下的白襯衫、藍色領帶，讓他的胸肌和腰身更加明顯。

但是他最惹我注意的是他那對大手，總覺得他一揮就會讓人黏在牆上。

然後讓我爽得尖叫。

「西方妖怪，你們現在有什麼遺言想交代嗎？」楊光微微瞇起眼，睨著我們，問句魄力十足。

「直接跳到遺言不會太快了嗎？」亞麗莎的臉上沒有絲毫恐懼，嬌小的身軀也發出不輸人的強大氣勢，甚至還略微壓過楊光的氣場。「你都沒先用紙寫出來，就要直接告訴我遺言，我怕我會忘記耶……為殺而殺的東方妖怪。」

「西方妖怪本來就該死！」賴總經理咆哮：「居然、居然砍斷我的手！我的手啊啊——你們全都該死——！」

「那是你活該！」我不服氣地反駁。

「這裡沒有你說話的餘地，弱小的吸血鬼！」

楊光的話語和氣勢就像千斤大石般狠狠往我身上壓來，霎時間我突然感到呼吸困難，全身僵直無法動作、不斷冒出冷汗。

這樣的精神壓力，就算是精神M狀態的我也無法歡愉。

「西方妖怪本來就不該踏上東方土地。」楊光那對漆黑的眼珠子瞪著亞麗莎，聲如洪鐘：「百年前的恥辱、百年前的鮮血，都是你們西方妖怪的傑作！我在那場八個國家一同聯手的戰爭中失去妻小……都是你們！」

他越講越激動，到最後的四個字已經變成咆哮，震耳欲聾，甚至震下天花板的碎屑。我連忙摀住耳朵，但亞麗莎卻不為所動，用著血紅色的雙瞳直直瞪著他。

「千年前中國人曾經侵犯歐洲，你怎不說當時的事情？」亞麗莎瞇起眼，眼神中充滿不屑。

「那是你們西方妖怪比較低等的證明！」說著他冷笑了幾聲，身後隨即傳來附和聲。

「那，這不就代表現在的你們比我們還低等嗎？」亞麗莎露出獠牙，臉上充滿鄙視，冷笑著說道：「一堆只會廢話的雜碎，別浪費我的時間！」

「妳說什麼！」楊光雙眼變得一片通紅，臉頰微微鼓起，像極一隻發怒的蟾蜍。他咬著牙，恨不得把亞麗莎五馬分屍地低吼著：「妳這個低等的妖怪居然敢汙衊我們！敢汙辱我們強大的東方妖怪！」

「少在那邊吹牛。就說別浪費我的時間，快點把解藥交出來！」亞麗莎沒耐心地叫道，總覺得她下一秒就會撲上去咬斷楊光的脖子。

「殺了他們！」楊光吼道，接著大手一揮——

蟾蜍精們湧上來，但他們沒有發出氣勢十足的吶喊聲，取而代之的是一點都不整齊的蟾蜍鳴叫，嘓嘓嘓的聲音意外有氣勢，彷彿成千上百的蟾蜍朝我一蹦一跳而來的錯覺，我全身起了雞皮疙瘩。

亞麗莎依然沉著臉，不為所動地盯著撲來的蟾蜍精，頗有狩獵者的氣勢。

她的瞳孔突然往內一縮，緊接著蟾蜍精們停下動作——不，正確來說是「定格」

了，就像是播放的影像被按下暫停鍵一樣。

「被蛇盯住的青蛙」，我馬上想到這句經典的話。

「吸血鬼的妖術嗎？」楊光的眉毛微揚，絲毫不受亞麗莎魔法影響地舉起手，優雅地彈響手指。

寫滿甲骨文的水藍色圓圈出現在他腳下，迅速向外擴散。

蟾蜍精們再次動了起來，雖然醜臉上出現困惑，但他們還是持續手中的動作，朝亞麗莎揮劍。

亞麗莎的動作更快，在楊光有所反應時便念完像是咒語的東西，腳下出現星星和月亮構成的血紅色魔法陣。血紅色光芒映著臉龐，她不疾不徐地用手穿透前方兩個倒楣鬼的腹部，然後把他們推開。

她露出獠牙，潔白的獠牙因為血光看起來就像是沾上鮮血。

「鮮血空間。」她輕聲說道，腳下的魔法陣迅速向外擴散，眨眼間整條走廊連同燈光都變得一片血紅。

蟾蜍精紛紛停下腳步，臉上出現困惑、不安，最後一片混亂。他們像是看不見亞麗莎般胡亂揮劍，砍到的卻是自己同伴，霎時間尖叫聲、哀嚎聲和嘶吼聲迴盪在整條走廊。他們下手越來越凶殘，拚命砍殺、刺擊，彷彿身旁的夥伴就是亞麗莎，巴不得將身旁的人置於死地。

雖然他們嘶吼著揮舞手中的劍，卻沒有傷到亞麗莎一分一毫，見她如同影子般地被忽略，像貓一樣輕巧穿梭在人群中，一個一個摘下敵人的腦袋，如同死神一樣俐落出手。

「是幻術！你們清醒一點，這是幻術啊！」楊光放聲大叫，企圖讓手下回神，但是現場的混亂完全把他的聲音蓋過去。

有幾個人揮著刀往楊光殺去，他情急之下連忙將手下拍到牆上、打成肉醬。

「混帳！」

整條走廊瞬間充滿血腥味，我又忍不住嚥了口口水。這時亞麗莎突然站到我面前，她身上和臉上濺滿血跡，卻依然沉著臉，絲毫不為那些鮮血動心。

濃厚的血腥味刺激著我，我多麼想把她從頭到腳舔一遍，再讓她狠狠修理

這就是傳說中的「一個動作，兩個願望一次滿足」！不對，都什麼時候了還在想些有的沒的！

亞麗莎雖然神色冷酷，但狀況明顯不怎麼好，我聽見她的呼吸相當沉重。

「趁現在趕快跑……唔！」她突然往前撲倒，隨之血紅色的空間就像碎開的玻璃，瞬間化成一塊塊散落一地，然後消失得無影無蹤。

我立刻把她接住。

「喂，喂，妳沒事吧！」

「可、可惡……魔力……」亞麗莎咬著牙，大力喘氣。她的臉色慘白，額

頭上掛著斗大的汗珠，嬌小的身子異常冰冷。「別管我……快逃！」

揮劍的蟾蜍精們停下了動作，一臉呆然地看著自己砍殺的對象。剛剛的魔法讓他們折損了一半以上的人手，剩下來的蟾蜍精身上也都有大大小小的傷口。

剎那間一片騷動，他們尖叫、咆哮、哭泣、怒吼，方才的殺氣一點也不剩。他們剛才殺的有可能是朋友、情人、親人，但是現在後悔為時已晚。

「……快逃！」亞麗莎揪住我的衣領，葉柳眉蹙起，用她虛弱的聲音吃力地命令：「這裡我想辦法……你快點逃走！」

「別開玩笑了！」我粗魯地抱起她，她的身體依然那麼輕。「我才不需要妳的保護……我不要成為妳身上的黑暗！而且——」

我的腦袋瞬間一片空白，那句「我也可以搞定他們」差點就脫口而出。

昨天晚上明明還是個普通人類，今天晚上卻在這裡參與妖怪的廝殺，我是哪裡來的能耐說那種大話？

能夠那樣說的，只有動畫或是電影裡的主角，可惜我不是。

即便我說不出口，我仍然有力量抱住懷中的吸血鬼，帶著她離開。

這是我唯一的勇氣，如果連她都拋下，那我就是個名符其實的懦夫、廢物，連做人的資格都沒有。

嗯，我是人類，只是個瞳色異常外加犬齒異常的人類而已——我是人類。

所以，我能做的事情就是帶著我能帶的，然後拚命逃跑。

我深吸一口氣，然後用我的額頭撞向她的額頭，眼對眼、鼻尖對鼻尖地盯著她。

「妳那張說明書太鳥了我根本看不懂，妳把我變成這樣，就要負起責任好好地說明，不准丟下我一個人溜走！」

「你這個笨蛋！」她的眼神帶著不甘心。「白痴！豬頭！噁心鬼……放我下來！」

她不安分地踢動雙腿，我把她抱得更緊開始往前跑，利用混亂和騷動順利突破重圍，衝過楊光身邊。楊光臉色慘白，一臉不可置信地看著眼前近乎地獄的情景，像是完全沒發現我們的存在。

「他們要跑了！」這片混亂中，只有賴總經理是清醒的，他尖叫著撿起地上的長劍衝過來，卻被屍體絆倒，狼狽地趴在地上大吼。

楊光回過神來，在我們身後發出怒吼：「你、你們——啊啊——！西、西方妖怪……死！我一定、一定要殺了你們！」

「你要跑去哪，根本沒有地方跑了你還想跑去哪裡！」就在拐了一個彎後，亞麗莎突然捏住我的臉頰，露出獠牙的瞪著我。「你這個豬頭，帶著我你能跑去哪裡！」

「什麼去哪裡，當然是……」我沉默，嘴巴半張。

……我現在能去哪裡？

逃生門已經徹底被封鎖，我也不會爬電梯的鋼纜，那這樣我能往哪裡跑？很明顯地，我們離不開這層樓。

「笨蛋！」狠狠扯了我臉皮，亞麗莎大力地扭轉身體，掙脫我的懷抱，像隻貓似地輕巧落地。「什麼都沒想就這樣拚命……笨死了，人笨蛋！」

「……妳沒事了？」我停下腳步，擔心地看她。

她沒有回答我的問題，取而代之的是踩了我的腳趾，還對我的小腿使出瘋狂連踢，根本是個鬧彆扭的小孩。她鼓著腮幫子，惡狠狠地瞪著我，就像我破壞了她的好事。

「就叫你別多管閒事了……為什麼不聽我的話！」她瞪著我，不怕被敵人發現一樣地叫著。

「妳、妳小聲一點啦！」我的嘴角因為痛楚忍不住微揚，用氣音提醒她，把她推進一旁沒有開燈的辦公室。

不得不承認，這幅景象很像誘拐蘿莉的怪叔叔。

吸血鬼的夜視能力十分優越，我不但能清楚看見辦公室裡的所有東西，連顏色都有辦法分辨，還看得清楚亞麗莎那張氣呼呼的臉。

「每次都因為我陷入危險……很開心嗎！」她咬著下唇，用著高八度的音調質問。

「這、這個……別說這個，妳的身體沒事嗎？」我企圖轉移話題。

如果這時候說出「不會啊，因為我期待被砍」的話，一定會被扭斷脖子。

「就說我是帶來不幸的吸血鬼……為什麼要一而再再而三地接近我！」她小小的身子微微顫抖，就像犯錯一樣地低下頭。「我已經害死很多人了……你也想被害死嗎！豬頭！」

我沉默。

又是……這樣的話。

「你看，又遇到危險了！你又有可能會死！」

我霎時間明白，她剛剛所說的話，指責的對象全是她自己。

「然後又說一些莫名其妙的話……讓我莫名其妙地開心……你這個笨蛋！」

「那些才不是奇怪的話……」我發現我的聲音變得粗啞，喉嚨乾燥得難以嚥下口水——她的黑暗，讓我相當不舒服，身體自然地想排斥。

「就是莫名其妙的話！我說是就是！明明就只是個噁心鬼，卻老是說那些會打亂我心情的話！明明是個噁心鬼！卻老是表現得那麼帥……讓我想依靠……可是一想到米開朗基羅、羅勒莎……大家變成那樣……不行！我不能再害人！你別再接近我了！別再對我說奇怪的話！你真的、真的要快點離開啊……」最後的聲音幾乎變成了氣音，像是吶喊到最高點的失聲，細得變成一條線一般地漸漸消失。

我緊緊抱住她，目的並不是為了挨打。亞麗莎不斷掙扎，或許是因為我也變成吸血鬼的緣故，力量變大，她沒辦法掙脫。掙扎漸漸變成在我胸口像是打鼓般地胡亂捶打，最後她緊緊抓住我的衣襟。衣服承受不了她的蠻力，啪嚓啪嚓地發出哀嚎。

但是亞麗莎沒有哭，埋進我胸口的臉沒有弄濕我的衣服。

「就因為我是個噁心鬼，所以才沒有覺得妳是會帶來不幸的吸血鬼。」我笑著——我一點都不敢相信這樣的情況我還能笑——然後在她耳邊輕聲說道：

「妳是能替我帶來幸福的吸血鬼喔，亞麗莎。」

這是肺腑之言，她是第一個能夠讓我同時享受兩種M法，可愛到能治癒眼睛，笨拙得讓人放不下的女孩子。

不過這種事現在說出來只會破壞好不容易建立起的氣氛，還有現在絕對不能讓她看到我的臉。只是忍住不歡呼就很累了，我已經沒有多餘的力量控制嘴角。

為什麼要在這種時候打我啊！

「嗚……嗯……嗯……」亞麗莎在我的懷中說話，但聲音被悶著，根本聽不清楚。

我連忙放開亞麗莎，她大口大口地喘著氣，一副要把我宰掉的凶狠模樣。

「你想悶死我嗎？」亞麗莎的臉微微泛紅，頭髮翹起了好幾撮，額頭上帶著汗水，模樣看起來有些狼狽。

她就這麼瞪著我幾秒，最後哼的一聲撇過頭去。「算了，這次就放過你！」

「欸？」

「有意見嗎？」瞥了我一眼，她沒好氣地問。

「有，當然有！拜託妳快點揍我！」我往她靠過去，誠心地懇求：「求求妳！」

「好噁心！」亞麗莎向後退，一路退到門邊，神色嫌惡——如果是先前的我一定會高興到暈眩，但現在的我只想挨揍。

「都什麼時候了還說這種蠢話！」

「拜託揍我！」

「不、不要！揍你的話我的手一定會被細菌侵蝕掉！」亞麗莎發著抖，恐懼地看著我，看起來就像是被逼到角落的小羔羊。

「拜託！」我又往前一步，一面擦掉嘴角的口水，抖M症狀發作的我現在看起來一定像是大野狼。

不過這樣就好了，只要能讓她忘記黑暗……

「你真的很……唔！」她的話只說到一半就停住了，緩緩地低下頭。

我順著她的視線往下，只見一把刻滿十字架的銀色長劍穿透她的胸口，劍尖還滴著鮮血。

「這些傢伙……」亞麗莎緩緩回頭。

「哈、哈哈哈哈……哈哈哈哈！」牆的另一邊傳來楊光狂妄的笑聲。「西方妖怪！全都去死！去死——」

長劍又往前探出許多。

「啊……啊啊——！」亞麗莎的臉色瞬間一片慘白，破著音放聲尖叫。

「亞麗莎！」

抖M的半吸血鬼

Masochistic Dhampir

Chapter 6.

抖M越痛越強大

轟的一聲，亞麗莎身後的牆壁連同人往我的方向飛來，為了接住亞麗莎，我被狠狠撞倒，狼狽地摔在地上，手腳上都是擦傷。

原先的牆面化成水泥碎塊落了一地，亞麗莎摔在我身邊，同樣滿身傷痕，嘴角流出鮮血，小小的身軀輕輕抽搐。

「亞、亞麗莎！」我連忙爬起來，一時間卻手足無措，完全不知道要怎麼辦。

「快……快……」亞麗莎咬著牙抓住我的褲管，像是想說什麼卻說不出來，血紅的雙瞳因此落下淚水，不甘心的模樣讓人看了不禁為之心疼。

「活該，這是你們西方妖怪的報應！」楊光站在走廊上，表情扭曲地笑著。他俊俏的臉上出現大大小小的疙瘩，完全失去方才的迷人風采，看起來像是得了怪病一樣。

我的呼吸變得急促。

面對他，我有勝算嗎？他是能徒手破壞一面牆壁的怪物……我們，有可能活下來嗎？

我連忙搖頭拋棄不吉利的念頭。

不行，連我都放棄的話，亞麗莎要怎麼辦？

「……劍……」亞麗莎突然出聲，用盡全力才說出這個字，小小的臉一片慘白，眼神看起來有點恍惚。

她非常虛弱，但是我知道她依然想戰鬥。

為了保護我。

我猶豫著要不要把劍拔掉——

「讓我來幫你，如何？」楊光的聲音突然在耳邊響起，我吃驚地回頭，那張猙獰的臉正和我面對面相望，距離不到十公分。

一股強勁的力量從後腦勺由上而下襲來，我直接被他砸進地板中。

鼻梁折斷的痛楚和強烈的撞擊讓我的腦袋幾乎無法思考，有某種溫熱的液體從我的眼角、鼻腔和嘴角流了出來。

「……噁……鬼……」亞麗莎的聲音傳來，聽起來就像是快要斷氣的病人。

楊光得意地哈哈大笑。

「這就是西方妖怪的下場！不管你們殺了我們多少同伴，不管你們前面贏得多少戰爭，但最終會得到勝利的，是我們東方妖怪！你們都難逃一死！」

我緩緩轉動脖子，看向亞麗莎。

她似乎快失去意識了，眼神矇矓沒有焦距，瞳孔慢慢放大，但她的口裡仍不斷吐出氣音。

快逃，噁心鬼。

同時我注意到牆上的大洞。這一側的我們就像舞臺上表演的演員，而另一側傷痕累累的蟾蜍精就如同觀眾，他們興高采烈地叫著，相當享受這場表演。

斷手的賴總經理朝我走來，不懷好意的模樣讓我出了一身冷汗。

他站到我身邊，用他僅存的手拎起我的右手，然後一腳踩上我的身體，猛地出力——

「啊、啊啊啊——！」我叫出聲的同時，外面的觀眾拍手叫好。

蟾蜍精們的情緒到達最高點，甚至有人開始討論起要對亞麗莎做什麼下流的事，每個人的臉上都充滿期待。

我無法理解，一個不吸血的吸血鬼，能對他人造成什麼傷害？這些人為何主動攻擊亞麗莎，還對她抱持著這麼大的惡意？

亞麗莎到底哪裡對不起他們了，我不懂，真的不懂！

一股憤怒自心底竄起，我感覺得到額頭的血管正微微鼓動。

「亞麗莎……亞麗莎到底對你們做了什麼，你們為什麼要這樣對她！」我用這輩子從沒用過的音量咆哮：「到底為什麼——！」

「沒有為什麼，因為她是西方妖怪！」楊光誇張地攤開雙手，用著勝者的姿態睨著我，外面的蟾蜍精們拍手叫好。

「她並沒有主動傷害你們……你們為什麼要追殺她！你們為什麼要這樣傷害她！」我因為憤怒而微微顫抖，語調逐漸高揚。

「因為她是西方妖怪！」楊光揚起下巴，高昂地說道，就像是個演講到最高潮的演講者。外面的蟾蜍精高聲歡呼，彷彿他是凱旋而歸的戰士。

「她明明就不是殺害你家人的凶手……只因為她是西方妖怪就追殺她、傷害她，未免也太奇怪了吧！」

「誰叫她是，西．方．妖．怪．呢？」楊光低下頭，用充滿血絲的雙眼瞪著我，他的眼神中看不見任何理智，只有滿滿的瘋狂。他咧嘴笑著，那模樣讓人忍不住聯想到「魔王」這個名詞。

不行了。我受不了了！

「啊——啊啊——！」我憤怒的咆哮，以我從沒想過的力量奮力蹬地，用常人不可能辦到的弧度從地上起來。

外面的蟾蜍精馬上舉起手中沾著血的長劍，楊光和賴總經理則是相當驚三地後退了幾步。

這些傢伙已經放棄思考，一點理智都沒有，為殺而殺！只因為「西方妖怪」就這樣傷害亞麗莎……可惡啊！可惡啊——！

我嘶吼著，不要命地往前衝，賴總經理反應不及，被我撞上他的額頭。我趁他吃痛鬆手的瞬間搶回我的右手，將它擺回原來的位置。

手放回去的瞬間就馬上接了起來，吸血鬼強大的癒合能力讓它像是沒有斷過一樣完好如初，我動了動手指，發出喀啦喀啦的響聲，一點問題都沒有。

我右手握拳，全力送出一拳打在賴總經理臉上。他還沒從額頭的痛楚回復過來，閃避不及，被我打個正著。我揪住他剩下的另一隻手，在他因為拳擊力道浮到半空時奮力一甩，他剩下的手就這麼被拽下來，然後整個人飛了出去。

鮮血在半空中飄散，哀嚎聲隨之傳來。

他狠狠撞上另一邊的牆，整個人陷了近去，口中噴出大量鮮血，再也叫不出聲音。

我喘著氣扔掉扯下來的手臂，然後轉身瞪向企圖偷襲我的楊光，他身體顫了顫，接著就像定格一樣在原地無法動彈。

血魄之瞳。

但或許是因為我還不懂訣竅，楊光馬上就能動作，連忙下達指令讓眾人圍攻我。外面的蟾蜍精湧了進來，瘋狂朝我揮劍。

我佇立在原地，迅速地伸手抓住其中兩個倒楣鬼的脖子，奮力一捏，他們連哀嚎都沒有，只聽見一聲清脆的響聲，在我鬆手後便倒在地上，一動也不動。

雖然我擁有吸血鬼過人的力量，但對方人數實在太多了，何況我完全是個戰鬥的門外漢，沒有一對多的經驗。

他們藉由犧牲少數人吸引我的注意，趁我還沒反應過來時砍斷了我的雙手，數把劍刺穿了我的身體。銀劍上的十字架產生效果，我全身的血液逐漸沸騰，痛楚就像電流一樣迅速傳遍我全身——

「呵呵呵……呵呵哈哈哈哈哈！」

我笑了，越笑越大聲，笑聲中還伴隨著舒爽的呻吟，所有人都傻了眼，一臉呆愣地停下手上的動作。

這真的是……太棒了！

「你在笑什麼？你在笑什麼！」楊光的聲音充滿恐懼，一臉不可置信。

「沒有用的，沒有用的！你們越傷害我只會讓我越舒服！」我咧嘴說著，接著仰天大笑。

沒錯，我發現自己越痛越覺得舒服，復原能力也越好！其實我早就暗暗察覺到了，不管是在李星羅的商店被扁時還是剛剛，我的復原能力似乎都比亞麗莎這個正牌吸血鬼優異許多，現在更是百分之百地肯定了。

在刻著十字架的長劍刺進身體，強烈痛楚流過全身的瞬間，我那對被砍斷的雙手瞬間像是倒帶般復原了，連同我身上其他大大小小的傷口也是如此，有些甚至連鮮血都來不及流出來就瞬間癒合，彷彿他們完全沒砍中我一樣。

如果不是刺穿我的那些長劍，讓我看起來像是個仙人掌一樣，我一定會以為被刺穿的只是個感覺得到痛楚的幻影。

這強大的復原能力讓我幾乎無敵，因為不管什麼傷害對我都沒用。也是我唯一的武器，姑且替它命名為「M之力」。

「怎、怎麼……」楊光神色吃驚，就像是我身上多了三對手臂、三顆腦袋般瞪大眼睛，方才的氣勢蕩然無存。

「因為，我是噁心鬼啊！」我猛力向前一撲，用我身上「長」出來的長劍把被我抓住的人弄成刺蝟。

所有人瞬間離我三公尺遠，不敢靠近。

我再次哈哈大笑起來，笑得越來越大聲，以緩慢的步伐隨意走動，欣賞這群蟾蜍精害怕顫抖的可憐模樣。他們越退越遠，以為這樣就能避開我的攻擊。

我趁他們鬆懈時俯衝而出，順利抓住那些企圖傷害亞麗莎的傢伙，揪著他們的衣領，往他們的胸口就是一拳。

憤怒讓我無法控制自己的力道，雖然我覺得沒用全力，但他們的胸口都扁了下去，口裡吐出鮮血，再也不曾動彈。

其他蟾蜍精見狀尖叫著四散奔逃，但大門已經被李星羅封住了，亞麗莎出不去，他們也同樣逃不了。有些人開始向我求饒，甚至直接跪在地上哭喊，但我沒放過任何一個人。他們就像是被綁在手術臺上的蟾蜍，任憑宰割。

還沒有結束！這些傷害亞麗莎的傢伙、讓亞麗莎痛苦的傢伙、讓亞麗莎身上的黑暗擴大的傢伙，他們的苦難不會這麼簡單就結束！

「怪、怪物！怪物啊啊！」楊光看我的眼神充滿恐懼，他沒有逃跑也沒有反抗，只是愣在原地看著我的屠殺。「你到底為什麼要這樣殺害我的部下……為什麼要殺光他們！」

他反過來質問，語調尖得像個女人。

「你為什麼要這樣對待亞麗莎？」我反問他，站到他面前。

「這不能怪我，誰、誰叫她是西方妖怪！」

「那，**誰叫你是東方妖怪**。」我使出全力，一拳打在他臉頰上，他的腦袋沒有如我想像中的被打飛，反而是帶著他的身體，像顆飛彈一樣往右邊飛去，在牆上撞出一個新的洞，整個人陷入走廊另一邊的牆壁中。

我喘著氣，瞪著四肢抽搐的楊光。

面對自己所不了解的事物時，人類總會因恐懼而稱其為「怪物」。剛剛楊光叫我怪物時，我發現一件事——人類和妖怪除了身體和力量上的差別，並沒有什麼不同。所以我沒必要害怕妖怪，也沒必要否定妖怪。

同時我也察覺到亞麗莎那句「人類比妖怪可怕」的背後涵義。舉例來說，吸血鬼明明比人類強大，但是為什麼統治這個世界的不是吸血鬼？

不對，現在不是想這些事的時候！

「亞麗莎！」我拔掉身上的劍，往亞麗莎的方向走去。

她的臉蛋摸起來異常冰冷，被汗水浸濕的頭髮緊貼肌膚，呼吸相當微弱。我連忙探向她的大動脈，幾乎感受不到脈搏，彷彿隨時都會死去。

「喂，平胸，快起來！」一股寒意從我的尾椎直竄腦髓，我連忙把她腹部的長劍拔掉，清掉她身上的水泥塊。

她腹部的傷口流出大量鮮血。

奇、奇怪……

傷口沒有癒合，一點跡象都沒有，就像受傷的人類一樣，只有鮮血不斷從傷口滲出。

我按住她的傷處，她的身體摸起來像是冰塊一樣，沒有一點溫度，連血也是冷的。

亞麗莎帶著血跡的嘴半張，眼神相當迷茫。

「不行……亞麗莎、亞麗莎，妳別死啊！」

現在該怎麼辦？我不可能打一一九求救，因為她不是人類！而且就算有醫院願意收留，她的傷勢到醫院前一定會……我該怎麼辦才好？

「唉呀呀呀，真是一片淒慘，不管是哪邊都一樣。」突然一道聲音從我身後傳來，聲音的主人說話同時一直發出喀喀的詭異笑聲。

我回頭一看，果然是李星羅，那個出賣我們的黑心商人。他正裝模作樣地倚在殘破的牆邊，用那張噁心的臉微笑。

「你……你……都是你害的！」我氣到沒辦法把一句話好好說完，雖然想衝上去給他一拳，但我必須按著亞麗莎傷口，只能咬著牙氣憤地瞪他。「如果亞麗莎死掉的話，我絕對饒不了你！」

「拜託，我只是個商人！」李星羅神色從容，雙手一攤，一副不關他事的模樣。他撿起地上的長劍，將劍尖對向我。「你不也聽到吸血鬼說了？沒錯，我是個只要你付錢什麼都賣的商人，不管有形的商品，還是無形的商品，我都能賣！從你們的情報到這裡所有的武器，全——部都是我的商品！但是，他們買了東西後要做什麼是他們的自由，怎麼能怪我？難不成拿刀子殺人的人落網後，會連賣刀和做刀的人一起抓嗎？」

他的論點無懈可擊，我無法做出任何反駁，只能把牙咬得更緊，淚水不爭氣地落了下來。

「哭了啊？真沒用。剛剛還一副要毀滅世界的模樣，放話說『誰叫你是東方妖怪』時不是還挺帥的嗎？現在卻是這種模樣！」李星羅嘲諷地笑了笑。「唉呀，別這樣瞪我，我可是好人耶！我是要幫你救吸血鬼的！」

他說著還俏皮地吐了舌頭，但看了只讓我反胃。

「怎麼救？你打算怎麼救亞麗莎！」我忍住嘔吐的衝動，急切地問：「快點說！」

「不過，不救也沒關係吧？」他突然沉下臉說道。

「你在耍我嗎，怎麼可能沒關係！」我失控地咆哮，甚至破了音。

李星羅一副受不了的樣子摀住耳朵。

「當然沒關係啊……你為什麼要救她？」

他的問題讓我一時間說不出話。

「她既不是你的愛人，也不是你的家人，認真算起來就只是個認識一天不到的陌生人……你有必要為她這麼拚命嗎？她為你拚命的『真正理由』你應該有所察覺，但是你好像沒有理由吧？就只是個陌生人而已！」

他的問題讓我冷汗直流。

「因、因為……」

「別說什麼『看到人有困難就要幫忙』之類的蠢話，別以為你和動畫裡的豬——腳一樣，因為人類說穿了就是自私的動物……例如說，你現在手上都是她的血，被懷疑是你殺了她也很正常喔！」他的語氣相當輕佻，我卻無法反駁。

「那、那是因為……」

「不快點回答她會死掉呢！失去治癒能力的吸血鬼，說穿了就只是犬齒異常的人類。」他的笑容看起來相當不懷好意。

「因、因為，我喜歡她！」我說道，同時感覺自己的臉頰有著些許灼熱。

「喜歡一個只認識一天的陌生人？真是輕浮的男人啊！現在的年輕人……」

「才不是那種喜歡！」我打斷李星羅的話。「亞麗莎……亞麗莎雖然胸部很小不合我的喜好，但我還是喜歡她！因為這其實是變相的精神虐待！她看起來很年輕但是實際上是幾百歲的老太婆，這樣的極端反差萌我也很愛！而且她的手腳看起來雖然很脆弱但是打人的力道卻很大，這點也超棒！還有她雖然是傳說中冷酷無情的吸血鬼卻喜歡可愛的東西，又愛鬧彆扭，根本和冷酷無情沾不上邊……這點我也很喜歡！所以，我要救她！我要救我很喜歡的亞麗莎！然後讓她再活蹦亂跳地揍我罵我！」

還有為了看見她的笑臉。

李星羅目瞪口呆。

「真是徹頭徹尾的……變態。」

「唔！」被人戳中痛處，我的身子不由自主一顫。

明明同樣罵我「變態」，從亞麗莎口中和李星羅口中聽起來的感覺就是不一樣。

「我行商百年，第一次看到像你這樣的變態，不知道你值多少錢……」李星羅又嘿嘿地笑了起來，從頭到尾打量了我一番，讓我感到全身不自在。「不過，感覺很有投資的價值啊！」

投資……？

「你知道為什麼吸血鬼在吸血時血不會凝固嗎？」

「欸？」面對突如其來的問句，我愣了愣。

「唾液。」李星羅自問自答：「吸血鬼的唾液中含有特別的成分，可以讓所有生物，包括吸血鬼本身的凝血作用失效。」

「所以……？」

「你知道吸血鬼的治癒能力來自哪裡嗎？主要是他們的血。這樣你還不懂？」

「吸血鬼嘴巴裡的破洞不會好……？」我有些戰戰兢兢地說道，就像是上課時被教授點名一樣。

李星羅點點頭，這讓我鬆口氣。

「說吸血鬼的口腔是最接近人類的部位也不為過，雖然如此，復原能力還是滿快的，斷掉的牙齒大概一、兩天就會重新長出來。你知道德古拉會變弱的原因嗎？」

「……因為她都沒吸血？」

「所以她現在需要的東西是什麼很明顯了吧？就是血。」李星羅的臉上再次浮現不懷好意的笑臉。「你的體質很特殊啊！一半吸血鬼一半人類，所以你的血對她來說是最棒的補品，能同時吸到人類的血以及帶著魔力的吸血鬼的血，這能讓她恢復得更快。」

我愣了愣，然後屏住呼吸。

越看越覺得他臉上的「不懷好意」不是單純的形容詞，而是真的「不懷好意」。

「再來，你好像會因為痛而超速再生吧？所以你沒辦法用一般的方式餵血，你的傷口會因為疼痛而迅速復原。」李星羅說到這裡，嘿嘿地笑了起來。

綜合他說的，結論只有一個——要救亞麗莎，我必須口對口餵她血。

我沒有任何接吻的經驗，別說接吻，我到現在都沒交過三次元的女朋友。

「你只要吸自己的血含在嘴巴……看樣子剩下的事情你都明白了嘛！所以接下來就看你表現了喔——」他故意拖長尾音，嘴巴還嘟成章魚狀發出「啾」的聲音，真的懷著滿滿惡意。

我緊張地吞了口口水，臉頰熱得像是快融化。我看著亞麗莎那張慘白的臉，青紫唇瓣看起來仍然十分柔軟——我想救她，但是我會緊張。

「再猶豫下去，她・真・的・會・死・喔！」

我深呼吸了一口氣，接著咬向自己一點肌肉都沒有的手臂。手臂傳來輕微的刺痛感，鮮血的腥味隨即刺激我的味覺，溫暖的液體透過獠牙相當自然地流進口中。

鮮血漸漸失去腥味，取而代之的是像葡萄酒一般的芬芳，我開始懷疑我是不是咬到了玻璃酒瓶，但我很確定我正咬著、吸著自己的血。

鮮血的香氣讓我的肚子突然叫了起來，咕嚕咕嚕的聲音在胃裡迴盪，像是幾百年來都是空空的。

等、等等，不行！

我的頭皮突然一陣發麻，呼吸急促，瘋狂地想把口中的血一飲而盡。食欲不斷刺激我的嘴唇、我的舌頭、我的腦袋，屬於吸血鬼的本能正侵占我的理智，瘋狂地想把口中的血喝下去，然後獲得更多、更多──

喝吧……喝吧……

我的耳邊突然出現這道聲音，而且是我自己的聲音。

喝吧……喝吧……！

不行，我是人類，我不是吸血鬼！我是人類，我不能喝血！

些許的鮮血不小心滑過我的咽喉，流過食道直達胃部。我的胃開始蠕動，咕嚕咕嚕的聲音更大、食欲更加旺盛。

將美食含在口中卻不能吞下肚，這樣的精神虐待，精神M的我一定會愉悅到腦袋一片空白——但現在的我不是。

本能渴望著鮮血，耳邊的「聲音」不斷低喃——

更多。

我要更多。

我想要更多鮮血！

更多更多更多更多更多更多更多更多更多更多更多更多更多更多更多更多

更多更多更多更多更多更多更多更多更多更多更多更多更多更多更多更多更多

更多！

我……我……

視線開始模糊，腦袋也漸漸變得恍惚，總覺得身體裡有什麼東西要蹦出來、占領我的軀殼——

我知道，是身為吸血鬼的那個「我」。雖然知道這樣不行，但是「我」的力量越來越強大，我吞下一小口鮮血又吞下第二口，這些都不是出自於我的意識，而是「我」。

這樣下去……

那個聲音充滿我的腦袋，並協助他將人類的「我」消滅，讓我不再是我，而是個名符其實的吸血鬼。

不行了，我已經……我快變成吸血鬼……我快要不是人類了……

我突然注意到映入視線中的亞麗莎。

亞麗莎的臉孔蒼白得和死人差不多，她傷口的血也不再滲出，原本的血液變得濃稠而且略微發黑。

亞、亞、亞……

我的雙眼突然一熱，溫熱的液體滑過臉頰。我不敢相信我所見的，不敢相信眼前的事實。

都是因為我拖拖拉拉才會讓亞麗莎變成這樣，這個嬌小可愛的女孩居然寒意透過血管流遍我全身上下，雞皮疙瘩全冒了出來，暈眩感瞬間消失，同時口中的鮮血回復先前的腥味，人類的我瞬間取回身體的主導權。

我連忙鬆開手臂，含著滿嘴的鮮血捧起亞麗莎的腦袋，一點猶豫都沒有地湊上她的嘴唇，用我的舌頭突破她柔軟的唇瓣，把口中的血一點不留地往她嘴裡送。

快呀……快呀……快呀！千萬不能死……千萬不能死！

第一口血一滴不漏地流入她嘴中，我放開她，將耳朵貼在她平坦的胸口上仔細聽著。

一點動靜也沒有。

不……不不不不不不不不不不！怎麼會！

「……撲通……」突然的聲音消弭了我的不安，我聽得更仔細。「撲通……撲通……撲通……」

緩慢但有力的聲音從她的胸口傳來，我忍不住笑了，再次咬向手臂，吸了滿滿一口鮮血。這次沒有進入剛剛那種詭異狀態，我的神智相當清醒。

我要救亞麗莎！

再次用嘴對嘴的方式送出第二口血，亞麗莎身上的傷口開始以肉眼可見的速度緩緩復原，連腹部的致命傷也逐漸癒合。

很好，再來！

送進第三口鮮血，她的呼吸逐漸加重，雙眼閉上，就像是正在做重獲新生的準備。

等她再次張眼時又會是個活蹦亂跳、總是喜怒形於色的亞麗莎，我相當確信。

再來！

第四口鮮血送進她的口中，她的手腳微微顫動，儘管徵象並不明顯，但我知道她正逐漸脫離危險。

我把第五口鮮血含在嘴裡，準備再次貼上她的唇瓣時——她的眼睛突然睜開，雙眼炯炯有神。

她的眼中充滿驚訝，而我也被嚇到了，熱烘烘的腦子瞬間冷卻下來然後又馬上變得熱烘烘。

我剛剛做了好幾次的——

Kiss。

這麼想，我忽然意識到亞麗莎的嘴唇相當柔軟有彈性，雖然沒有傳說中的檸檬味，但是也讓人欲罷不能。

為什麼剛剛都沒發現？

我的臉頰一片熱燙，燙得像是快燒起來一樣。

亞麗莎原先慘白的臉也是一片通紅，她迅速把我推開，搖搖晃晃地站起身。

我在地上滾了好幾圈，口中的鮮血全灑了出來，但只敢趴在地上看著她，等著她接下來的反應。

她雙頰飛紅，已經紅到耳根子去，小巧的耳朵看起來就像是燒紅的鐵塊。她咬著下唇，狠狠地瞪著我，一副要把我生吞活剝的模樣——我也很確定她想把我生吞活剝。

「你……你……你……你趁我睡著的時候對我……對我做了什麼！」不知道是因為害羞還是憤怒，亞麗莎的聲音在顫抖。

我相信，憤怒的可能性比較大，再不解釋清楚我一定會被扭斷脖子。

「妳、妳、妳誤會了！」她現在的氣勢實在太過駭人，不是精神M的我差點因此咬到舌頭。

如果吸血鬼被折斷脖子後依然能重生，我的脖子一定會被折斷好幾次。

「誤會？」

亞麗莎晃著身子緩步朝我逼近，露出一個詭異的笑容。

現在的她看起來根本就是個母夜叉，渾身殺氣騰騰，紅色雙瞳像是要噴出火。

「給你三秒鐘解釋，要不然……要不然！」

「這、這是因為……」

「時間到。」她低聲說道，接著一個箭步朝我衝過來。

我霎時間產生幻覺，總覺得朝我撲來的不是吸血鬼也不是女孩，是頭張牙舞爪的母老虎。我的眼前莫名一黑，痛楚瞬間傳遍全身，我不由自主地高聲歡呼。

或許趁機非禮之類的，會被修理得比較爽？

我全身上下的骨頭都碎了，但是「M之力」讓我迅速復原，沒多久又能如常行動。

亞麗莎驚呼了一聲。

「停！」我連忙叫道：「妳、妳先等一下！」

「你現在是想交代遺言嗎？」她緊握著的拳頭舉在半空中，又羞又氣地瞪著我。

雖然她的臉上帶著些許困惑，但依然一副想把我吃下肚的模樣。「你、你居然奪走我的初吻……唔！」

她突然把嘴摀上。

「我也是初吻啊……」我無辜地說。

「別把我的初吻和你的初吻相提並論！」

她狠狠一拳揍在牆壁上，登時碎屑紛飛。

「倫、倫家的初吻應該是和英俊瀟灑的白馬王子才對……居然被你……居然被你這個噁心鬼奪走了！我一定要宰了你！我一定要把證據毀掉！不把你殺掉我就跟你姓！」

有必要這麼憤慨嗎？憤慨到大舌頭！還有這個時代哪來騎白馬的王子啊！

「那從今天開始妳就叫做亞麗莎．林了！」我顫抖著吐槽。「反正、反正在吸血鬼的狀態我就是不死的，我不會受傷！妳也注意到了吧！」

「那我就打死你，打到你變回人類！誰想嫁給你！臭美！你這個下流、變態、趁人之危又齷齪的垃圾，根本是德古拉之恥、吸血鬼之恥、人類之恥！我怎麼會和你呼吸同樣的空氣！臭死了！髒死了！我會得到變態病！你最好趕快從地表上消失，跟那些蟾蜍一樣……」她罵到這裡的瞬間愣了愣。

她看向四周，發現了我的「傑作」後一臉呆然地看向我。

「這些是你……」

「剛剛為了救妳，我才會用嘴巴吸我自己的血餵妳。」

「血……血？你吸你自己的血？你知道吸血鬼吸自己的血是禁忌嗎？很有

可能會因此發瘋！」

「可是李星羅告訴我這樣才能救妳！」我連忙說道：「那時的妳情況危急，我根本管不了其他東西！」

「等、等一下……」她踉蹌地退了幾步，臉上的憤怒消失得無影無蹤，取而代之的是羞赧和愧疚。

她咬著下唇，眼神飄忽不定，看了看我又把眼神移向其他地方，很明顯是想說什麼卻開不了口。

唔……好可愛。

啪啪啪！突然的拍手聲替亞麗莎解套，也吸引了我們的目光。

「很好很好，德古拉已經回復了，那……楊先生，我剛剛的提議如何呢？」

李星羅嘿嘿笑著看向楊光，他正吃力地扶著牆站起身來。「一千萬賣你大補丸，讓你報仇。」

他說著掏出一顆黑色的藥丸。

等、等一下，他這是……

「我買了！」楊光連忙從胸口掏出一張皺巴巴的長方形紙條，是支票。他接過藥丸，瞪著我們低吼道：「可惡的吸血鬼……我買了！」

「我的預感果然沒錯，你們相當值得投資啊！嘿嘿！」

抖M的半吸血鬼

Masochistic Dhampir

Chapter 7.

S和M最後的……？

楊光一拿到藥丸就立刻塞進嘴裡，一點猶豫都沒有。

完全來不及阻止。

賣藥的李星羅嘿嘿笑著指向我道：「德古拉，我建議妳一件事，想活命和救那個半吸血鬼的話，就吸血吧！妳眼前就有最棒的魔力來源，一半吸血鬼一半人，是妳最棒的補品！」

此時楊光的雙眼流出鮮血，唾液從嘴角流出，皮膚冒出大量疙瘩，身子抽搐不已，像是體內有一股力量正準備迸發而出。

「不，我不會吸血！我會用這種狀態戰鬥到底……」亞麗莎瞪了李星羅，然後看向楊光。「你居然賣這種禁藥……」

她的神色帶著一絲恐懼。

單槍匹馬闖進敵陣，以及被敵人包圍時，我都沒有在亞麗莎臉上看見任何一點恐懼，現在她居然露出了害怕的神情。

「情、情況很嚴重嗎？」我看著像瘋了似地不斷胡亂揮舞四肢的楊光，緊張地問。

「那是能在短時間讓魔力增加十倍的藥物，能把蜥蜴瞬間變成哥吉拉的東西！」

這是什麼比喻啊！不過還真好理解……

「使用者在藥效過後會有生命危險，所以被列為禁藥。」亞麗莎壓低聲音說道：「不過，既然是他賣的東西……」

「所以是不良品嗎？」我鬆了一口氣，黑心商人和不良品總是脫不了關係。

她重重地搖頭，同時抓住我的手。

「既然是他賣的東西，藥效一定會更強……他會受『我們』歡迎不只是因為他什麼都賣，還有他賣的東西都有一定的水準和品質。」亞麗莎粗魯地拉著我的手往後扯了一下。「不行，我們一定要逃走。這種狀況，就算不是滿月狀態的我也很難應付！」

「不用逃啊，何必呢？」李星羅偷聽了我們的對話，喀喀笑著插話道：「妳就接受我的提議，吸血就好了嘛！只要吸血……」

「不可能！」亞麗莎用接近低吼的方式打斷李星羅，她的眉毛微蹙，像是有什麼難言之隱。「你不要出些奇怪的主意！不可能就是不可能……我……我不會再吸血！絕對不會！」

「那妳有什麼辦法？逃生門被我封住了，『你們』又不可能從電梯井下去，妳有什麼辦法安全逃走嗎？」

……是因為我？

我看向亞麗莎，發現她不敢正眼看我，同時間我重新意識到我們會被困在這裡的原因，就是因為無路可逃。

「除了戰鬥，妳別無選擇唷！」

「噁心鬼，你……」

「別再說什麼交給妳，要我自己一個人逃跑的話了！」我緊緊反握住她冰冷顫抖的小手。「我絕對不會放手，就跟妳的堅持一樣……絕對不會！」

我故意學著她的語調，然後向她一笑。

「你……笨蛋，你根本沒想過事情的嚴重性！別以為他和剛剛一樣好對付！你這個半吊子的吸血鬼什麼都做不到！」她叫著連忙要把我的手甩開，但卻只是白費力氣。「放開我，你這個色狼！」

「不放！」

「很好很好，就是這樣，然後讓我賺更多……唔！」李星羅的話到一半就被一聲轟隆巨響打斷。

他被楊光膨大一倍的手像拍蒼蠅一樣地拍在牆上，整個身體陷在牆壁中，紅黃混雜的詭異液體從他七零八落的身體流出，連抽搐都沒有，看起來已經完蛋。

「啊啊——！」楊光仰頭咆哮，整個人就像是吹氣球一樣迅速膨脹，西裝被撐破，身體不斷發出喀喀聲，聽起來就像是肌肉正在哀鳴。

他頂破天花板，腳下的地板下陷，擠開身後的牆壁。他的背脊微微彎曲，黝黑的皮膚漸漸變成純黑色，結實的身材變得渾圓，四肢長出蹼，原本帥氣的臉龐變成蟾蜍臉——

他成了一隻徹頭徹尾的黑蟾蜍。

「亞、亞麗莎……」雖然我剛剛的話說得很漂亮，但面對這樣發出駭人氣勢的龐然大物，還是本能地感到害怕。

我相信他只要一張嘴、一吐舌，就能把我們捲得像便利商店的手捲一樣吞下肚。

希望他不知道手捲這種商品！

「笨蛋，不是就跟你說了嗎……」亞麗莎額頭上布滿汗水，情況非常不樂觀，但她還是狠狠踩了我一腳。「都知道不妙了你還不放手！不要這麼噁心好不好！」

「不、不放！」我把手握得更緊。「只要放手妳就會亂來！」

「白痴！」

「你們……你們一個都跑不掉……」楊光低下頭，用他黃底細黑瞳的眼睛瞪向我們。他的鳴囊開始鼓動，發出嘓嘓嘓嘓的宏亮叫聲，嘴角同時流出墨綠色的毒液，一碰到地面便冒出陣陣白煙，將地板侵蝕出一個大洞。

他舉起巨大的蹼時，我突然想到一種叫做打地鼠的遊戲，相當適合形容現在的狀況。

他手舉到最高點的瞬間，毫不猶豫地迅速揮下，巨蹼化作一道蓋天的黑影，強大的風壓讓我忍不住彎下腰，根本邁不出步伐逃跑。

我立刻把亞麗莎推開。我的回復力比較高，還有可能存活，但她不能再受傷了。

「林家昂！」亞麗莎尖叫。

完蛋了。

一道影子突然衝出來擋在我面前，速度快得像離弦的箭矢。那不是亞麗莎，而是一條全身長滿黑毛、有著一條長長尾巴的哈士奇！

牠尾巴的毛微微蓬起，一派輕鬆地以前腳擋下楊光那隻能把人瞬間壓成肉餅的大蹼，而且還有餘力回頭看向我。

楊光的蹼微微打顫，很明顯是想使勁壓下，但哈士奇的力量比他大上許多，文風不動。

「沒事吧，年輕的吸血鬼？」牠開口的瞬間我差點叫出聲，那聲音和人類一模一樣，是個略低沉的男人嗓音。

「西、西方妖怪……」楊光頓時氣勢大減，「胡狼狗頭！」

不，這怎麼看都是條狗吧？

「看來還有理智？」哈士奇晃了晃尾巴。「既然都知道我是誰了，還不收手？你想繼續打？」

眼前的哈士奇語氣充滿魄力，身邊隱約纏繞著薄薄的黑色氣息，我馬上收回剛剛那幾近輕視的想法。

這傢伙十之八九是埃及有名的死神、冥界的守門人！

「為什麼你會在這裡？」亞麗莎一臉吃驚地看著哈士奇。「不是一般的執行官，而是你……妖怪發展促進協會，臺灣區的副區長……」

「妳覺得呢？鬧成這樣子，區長都出動了，我當然必須有所動作。」

「可惡。」亞麗莎咋舌，看起來就像是做壞事被抓包。

只有我一個人在狀況外，完全不懂他們的對話。我唯一明白的，只有眼前的哈士奇遠比我們三個人都強大。

「西、西方妖怪都該死……該死！」楊光雖然明白不是對手，依然低吼著，再次舉起他的蹼——

一道沙啞、低沉的聲音突然幽幽傳來，迅速填滿整個空間，雖然我不懂這是什麼語言，但是我感覺得出來這語言充滿力量。

聲音響起的瞬間，楊光也停下了動作。

「結束了。」亞麗莎低聲說道。

楊光腳下的地板忽然化作金黃色的沙粒，成為一個流沙坑，整個人陷入了沙中。他隨即收回蹼想要逃開，淡金色的沙卻纏上他的腿，立刻將他拉了回來。

沙子就像有生命一樣順勢往上爬，眨眼間爬上他的大腿、腹部、腦袋，將他變成金黃色的沙雕，接著逐漸變成灰色。

「可惡……可惡的西方妖——」楊光的話還來不及說完，就化為了灰色的大石頭。

哈士奇悠閒地坐下，然後盯著我們，雖然牠的眼神和模樣看起來相當可愛，可是散發的氣息卻截然不同，明顯是在監視。

亞麗莎將我護到身後，緊張道：「他……什麼都不知道。」

「喂，亞麗莎……」我小聲地叫道。

「你閉嘴。」她回頭瞪了我一眼。

「別跟我說，等尤羅比斯上來再跟他解釋。那個老滑頭正帶著他看樓下的慘狀。」

「……果然是他。」亞麗莎嘆口氣。「又被他耍了一次。」

「他就是這樣。」哈士奇也跟著搖頭。

從他們的口氣聽起來，他們說的人是李星羅吧？但是李星羅已經……我看向楊光身後牆壁上的凹洞，血肉模糊的屍體依然在那裡，並沒有動起來，但老實說他現在的模樣比他會動、會講話時好太多。

哈士奇似乎不打算多說，只是盯著我們看，一下子看向亞麗莎，一下子又看向我。

亞麗莎則是閉著嘴，不時回頭偷看我，眼神中充滿擔憂。

我不知道該說些什麼，只能默默看著石像，提防他突然動起來。

現場一片沉默。

「喀喀喀，怎麼會這——麼安靜呢？」

「……你！」我愣住。

說話打破沉默的，正是奸商李星羅，但不是在牆壁上的那具屍體，而是另外一個他。

他從走廊的另一端走了出來，臉上掛著招牌的噁心笑容。

「你不會以為我死了吧？」李星羅明顯看穿我的想法。「不管是被毀掉的

『我』，還是你眼前的『我』，全部都是傀儡喔，是我去墳場挖屍體做的。畢竟和妖怪們做生意，不小心提防突襲可不行。」

說著他指向被毀掉的傀儡，嘿嘿地笑了笑。

「這就是我能平安行商的祕訣。」他一臉得意地說：「接下來還請繼續多多指教！」

「老狐狸」這個稱呼真的是最適合他的形容詞。他把楊光的情報賣給我們，把武器和我們的情報賣給楊光，最後又把所有情報賣給哈士奇和那名為尤羅比斯的人的組織，除此之外還有一筆一千萬美金的收入——不管怎麼看，李星羅都是最大的贏家。

這時哈士奇突然站了起來，如同箭矢般衝了出去，一掌打向李星羅的腦袋。李星羅的腦袋咕咚一聲撞上石像，在地上滾了幾圈後被哈士奇踩住，牠睨向李星羅依然嘿嘿笑著的頭顱。

有點噁心啊，根本是恐怖片！

「接下來的事，我不想讓你知道。」

「欸？別這樣——」李星羅的話還沒說完，喀滋、噗滋的聲響隨即從哈士奇腳下傳來，但被踩爆的腦袋沒有噴出噁心的東西，只有詭異的黃、紅色混雜的液體。

哈士奇揚起頭，放聲咆哮，宏亮的聲音迴盪在走廊和辦公室裡，就像是有人在耳邊敲大鐘一樣嗡嗚不斷，我和亞麗莎連忙摀住耳朵。咆哮聲持續了長達三十秒，牠才滿意地甩甩尾巴坐下。

「尤羅比斯，反監聽和針孔的動作已經完成。」哈士奇看著李星羅方才走來的方向說道。

喀噠喀噠的腳步聲傳來，隨著聲音越來越近，亞麗莎的眉頭越皺越緊。

「居然……會親自到這裡……」她低聲說道。

「很……不好嗎？」我緊張地小聲問。

亞麗莎沒有回應，我只能瞎猜到底是什麼樣的怪物會讓她如此緊張，眼皮眨都不敢眨地盯著前方。

首先進入視線的，是穿著黑色厚底長靴、被黑色布料包裹的腿，那腿十分纖細，看起來一點肉都沒有，連李星羅都還比他有肉。

腿的主人接著出現，他的身高將近兩公尺，只要舉起手就能碰到天花板。他穿著寬鬆的黑色風衣，手上戴著黑色皮手套，在夏季光用看的就覺得熱。他的臉上纏滿繃帶，只露出金色的右眼，完全看不清楚面容。

雖然他沒有自我介紹，但我很確定他是尤羅比斯。

這是那個吧？很有名的中二病！他那隻眼睛是邪王○眼嗎？

我的嘴角忍不住抽動。

同時我也猜到他是什麼樣的妖怪——埃及有名的木乃伊。

木乃伊尤羅比斯並沒有和我們打招呼，而是踏著緩慢優雅的腳步來到石像旁。他身邊出現許多金色沙粒包圍住石像，接著石像迅速縮小，飄浮在半空中，直到縮小到只有半個手掌大時，被尤羅比斯收進風衣的口袋。

眼前的一切就像變魔法，我們的下場該不會和楊光一樣吧……我突然理解亞麗莎緊張的原因。

尤羅比斯接著轉身面向我們，我反射性地後退了一些。他雙手插進口袋，我連忙爬起身，同時間亞麗莎向後靠到我身上來，但她這個動作並不是「依靠」，而是十足的「保護」。

……我有沒有這麼沒用啊？

我不甘心地把她抱住，她隨即一臉生氣地瞪我，但我沒有退讓。她不滿地鼓起臉頰，狠狠踩了我的腳趾，痛得我有點飄忽。

但是我沒有放手，絕對不會放開。

無論如何。

尤羅比斯突然清了清喉嚨，打斷我們的動作。

「你們別這麼緊張。」他的聲音低沉、沙啞，正是方才充滿空間、具有力量的聲音。「我不會對你們下手，大致上的情形透過那個傢伙我已經清楚了。」

「那你為何要親自出馬？」很明顯的，尤羅比斯的保證無法讓亞麗莎放心。

「相關者是S級的注意對象，『滅族者』亞麗莎・弗雷・德古拉，而且妳在先前還有S級的違規行為……把人類變成半吸血鬼。」雖然他只有獨眼，但是眼神充滿魄力。「所以我不能沒有動作。」

亞麗莎一時間回不了嘴。

「我別無選擇……」她這句話像是硬擠出來的一樣，一點力量都沒有。

「當、當時……」

「妳可以選擇無視。」尤羅比斯強硬地打斷亞麗莎的話。

「不可能，他是因為我……」

「妳難道忘記了妳的過去？妳難道忘記了導致德古拉家族滅亡、數十名協會搜查官死亡的原因，就是妳製造的半吸血鬼？」尤羅比斯的話語震撼性十足。

亞麗莎嬌小的身軀開始顫抖，我也驚訝不已。

德古拉家族……是因為半吸血鬼滅亡的？

「別再說了。」亞麗莎的聲音聽起來就像隨時都會哭出來一樣。

「我不會讓同樣的事情發生在我的轄區。」

「但是……但是……」

「不過事情已經發展至此，再怎麼追究也沒意義。」令人意外地，替亞麗莎緩頰的是尤羅比斯本人。他嘆口氣，然後說道：「李星羅說，妳為了他打算購買『重生之儀』？」

亞麗莎點了點頭，因為她背對著我，我看不見她的表情。

「根據他給的情報，妳不僅抵押房子，還打算賣身體的一部分？」

亞麗莎又點了點頭。

「別太便宜那隻老狐狸了，有德古拉之名的東西，光是頭髮在市場上每單位都有三、四千萬。」

我愣了愣，李星羅的收購價不到這價錢的十分之一，那個死奸商！

「只有他才能脫手。」

「我可以給妳工作。」尤羅比斯說：「雖然價錢沒有那麼高，但是妳至少不用經歷痛苦，而且我會收取酬金的一半，可以順便當作妳繳的罰款。」

「罰款？」我脫口而出。

「就是罰款。念在德古拉情有可原，原本一千萬美金的罰款我只收五百萬。」

這樣的宣判讓我愣了愣。

「等一下，為什麼錯的不是亞麗莎，卻要她……」我的話才講到一半，領口便被人用力地扯了一下，是亞麗莎。

「不懂就閉嘴。」她的眼神中有著不甘和一份難以言喻的情緒，方才尤羅比斯的話顯然深深刺進她的心中。

那沉重的黑暗。

「可、可是……」

「閉嘴，大色狼！」

亞麗莎……

「妖怪和人類的規則不同，沒那麼多彈性可以選擇。身為人類的你應該可以理解人類制訂的法律中，那份『彈性』的可怕，其所造成的漏洞和利用漏洞獲得利益的對象不計其數。」

我不知道該如何反駁。

「這已經是我所能給的『最大限度彈性』。」尤羅比斯強調：「不過，我很喜歡你的眼神，一副想反抗我的樣子。你已經知道我和你的差距，卻還是試著反抗，你有這麼喜歡她嗎？」

「唔！」

「我才不喜歡這個噁心、變態，又自以為是的傢伙。」亞麗莎用極其平淡冷酷的語調說道。

她這句話，我很確定就算是精神M狀態的我也不會愉悅。

「喜歡。」我深吸一口氣後說道，然後感覺懷中的亞麗莎身子微微一顫。

「……喜歡。」

我又說了一次。

「笨蛋，你在說什麼！」亞麗莎緊緊抓住我的手腕，神色慌亂，完全失去先前的犀利。

「是嗎？」尤羅比斯的語調帶著笑意。「那麼，德古拉就暫時交給你照顧，可以嗎？英勇的半吸血鬼騎士。」

「欸？」我一時間反應不過來。

亞麗莎不悅地抬起頭，露出猙牙瞪著我。

「別再讓她亂來，你可以的。」尤羅比斯補充道：「在她離開我的轄區前別讓她亂來。像這次就是亂來的例子，萬一鬧到街上去我會很頭痛，不知道會波及多少人。」

他的聲音雖然低沉沙啞沒有起伏，但還是聽得出來這是句質問。

「別再讓她亂來，然後好好考慮我的提議，到時我會請人去德古拉古堡。」尤羅比斯說著，身邊出現金色沙粒，接著哈士奇犬走到他的身邊。

金色沙粒像旋風一樣以他們倆為中心繞圈，迅速將他們包圍。

「如果可以的話，改變黑暗。」

「改變黑暗？」

他沒有回答我的問題，而是用一種完全陌生的語言說了句我聽不懂的話。

金色旋風將他們緊緊包圍，等到旋風向四面八方散去，他們已經不在原地。

「後會有期，滅族者德古拉和弱小又強大的半吸血鬼騎士……」亞麗莎用相當細微、我快要聽不清楚的音量說道。

「什麼？」我愣著看向她。

「是剛剛的話啦。豬頭，那是古埃及語，果然是死了快三千年的屍體，連用的語言都老得發臭！」

「喔……」

「還有你打算抱到什麼時候，你這個變態！」她用手肘大力頂了我的腹部，趁機掙脫開來。「噁心鬼！」

「……妳原來會講古埃及語啊？」我重新站直腰桿，拍拍臉頰問道。

「沒事的時候就是學語言，我幾乎會這個世界的所有語言。」

「好像很厲害？」

「你這是在諷刺我很老的意思嗎？」她狠狠瞪了我一眼，語氣帶著明顯的怒意。「對啦，反正我就是老！我就是兩百多歲的吸血鬼，有意見嗎，你這個全身尿布味的臭小鬼！」

我連忙大力搖頭否定。

「我、我是真的覺得妳很厲害！」

「……哼！」撇過頭去，她一副不想再跟我講話的模樣。

她雙手抱胸，臉頰微微鼓起，露出些許的獠牙咬著下唇，看起來真的很可愛。

我想她不滿的真正原因並不是我，而是剛剛的事和尤羅比斯說的話，她只是藉機發脾氣而已。

「亞麗莎。」我把衣服脫了下來。

「你、你幹嘛！你幹嘛突然脫衣服！」亞麗莎驚慌失措地叫道，然後向後退幾步。「你這個瘦排骨想做什麼！」

「拿去。」我把衣服遞到她面前，她依然在慌張地鬼叫，我只能放大音量：「妳的衣服！」

「唔！」亞麗莎馬上閉嘴，臉蛋瞬間一片通紅。

「衣服和吸血鬼不一樣，不會復原。」我說著，然後露出笑容。「雖然洗衣板好像沒什麼……唔噗！」

她狠狠一記側踢踢在我的肚子上，我整個人被踢飛了出去，她順勢撿走我鬆手掉在地上的衣服。

「你這個變態，被踢死活該！明明就被踢了還笑！噁心鬼！」她一面叫著一面把衣服套上。

還真容易哄，這樣就回復精神了……

「臭死了，別以為這樣我就會感謝你！噁心鬼！」

「嘿、嘿嘿……真的敲舒服的……」我舒服到有點口齒不清，嘴巴不自主地咧開笑著，整個人成大字形躺在地上。

「好噁心！超噁心的！」她搓著手臂，纖細白皙的手臂真的起了雞皮疙瘩。

她隨手拉了張椅子坐下，挺直腰桿，閉上眼開始深呼吸。我伸個懶腰然後盤腿坐起身，看著她。

「……怎樣，噁心鬼。」或許是感受到我的視線，她睜開右眼看向我。

「妳在做什麼？」

「偷窺狂！」她對我吐舌，然後說：「調整魔力的流動啦！亂成這樣讓我超級不舒服，還不是有個笨蛋把魔力亂給……」

她越講越小聲，到最後閉上嘴，臉蛋泛紅，雙眼直勾勾地瞪著我。

我馬上想到對吸血鬼來說「血液」和「魔力」間的關係，臉頰突然燙了起來。

「嗯……如果妳還想揍我的話就來吧，越大力越好，拜託妳大力一點……不過妳要搞清楚喔！那是不可抗力，我是為了救妳……」我的口齒有點含糊，同時心臟撲通撲通地撞擊胸口。

「你這個噁心鬼，揍你只會讓你越笑越噁心，不要得了便宜還賣乖！」亞麗莎哼了一聲：「我才不想用手去碰垃圾！噁．心．鬼！」

她做個鬼臉，然後別過頭去。

亞麗莎現在的感覺也和我一樣嗎？

我盯著她數秒，然後有了結論，忍不住笑了出來。

不可能……不可能啦！

「反正那個不算數。」我揮揮手。「那才不算接吻。」

「那、那當然，這還用說！我只是不小心被垃圾碰到而已，這只能算是異物接觸！」

「喂，妳這樣講好像有點太過分了，剛剛明明還那麼激動地叫我的名字！」

「我哪有！」亞麗莎像隻受驚的貓一樣，突然從椅子上跳了起來。「我才沒有！」

她近乎尖叫地強調。

「有喔！」

「才沒有！我說沒有就是沒有！」亞麗莎叫著的同時，臉蛋已經快跟她的瞳孔一樣血紅。

「話說妳怎麼知道我的名字？」

「笨蛋，那是因為便利商店的名牌……啊……啊啊！」她注意到被我套話了，連忙摀住嘴，可惜已經來不及。她氣憤地瞪著我，一副不甘心的模樣。「你這個笨蛋！豬頭！奸詐鬼！騙子！」

「是、是。」

「哼！」

「亞麗莎……」我收起笑臉，爬起身來。

我不希望妳獨自一人背負著黑暗，我會陪在妳身邊，所以妳可以不用過得這麼痛苦。啊啊，至於我為什麼要幫妳，妳千萬別誤會喔！我只是單純地很中意妳，因為妳是我遇過最棒的S女王，只要陪在妳身邊，我的M需求就能得到最高的滿足！

另外，最重要的是，妳才不是什麼不幸的吸血鬼，妳是亞麗莎．德古拉。妳就是妳，不是什麼奇怪的稱號。

雖然不清楚以前妳到底發生過什麼事，但那些不重要，不是有句話說要活在當下嗎？痛苦的事情要學著放下，不然會像我一樣變得怪怪的。而且妳身旁還有我啊！我可以幫妳一起背負黑暗。

雖然不知道那份黑暗有多重，但是我願意撐著妳的肩膀，因為我們是朋友！

——雖然我很想這麼說，但總覺得這番話很難為情又自以為是，根本無法說出口，只能吞回肚子裡。

「你到底想說什麼——」亞麗莎拉長尾音，顯得很不耐煩。

「……我們回去吧！」我抽出妖怪護照。

「別用這種表情說這種話！」亞麗莎站到我前面，狠狠踢了我的小腿。「有夠噁心！」

然後對我做了個超可愛的鬼臉。

抖M的半吸血鬼

Masochistic Dhampir

Bonus

在那之後的M和S

在那之後已經過了三天。

三天前，李星羅在我們撕掉「回程票」後不到十秒鐘便出現，應亞麗莎的要求把我們送回我打工的便利商店附近。

我和亞麗莎交換手機號碼，她嚴禁我送她回家後各自解散。

兩天前，我盡可能地窩在房間，打工請假，出門時也偷偷摸摸的，才避開我的兩個室友和店長，沒被發現我身體的異常。

昨天，我睡一覺醒來後發現我回復到人類和精神M的狀態。

今天——

傍晚時分，我清完水溝，立刻到便利商店的後場沖澡，把身上的味道沖掉，把準備好的東西單手藏在身後才走出去。店長一見到我出來，連忙往後場鑽，大概又是急著去抽菸。

亞麗莎坐在客席上蹺著腿，一邊滑手機一邊傻笑，身旁還放著一袋東西，是我的眼鏡和衣服。

「妳把我的衣服送來啦？感謝妳！」

雖然打亞麗莎在國外，可是有了通訊軟體不用花錢也能聯絡，真的很方便。

「囉嗦！」她哼了一聲：「滾開，糞金龜！」

「唔！」我渾身一顫。

好、好棒！

「那妳可以回去了。」我故意說道，希望她多罵我幾句。

但她只是盯著我，沒有說話。

好吧，其實我早就料到她另有目的，不是單純送東西而已。

「如果妳留下來是為了黑白兔，那個活動前天就結束了。」

「騙人！」亞麗莎整個人從椅子上跳起來大叫，然後扁著嘴垂下頭，看起來委屈到不行，一副要哭的模樣。

「喂，沒必要為了這種東西就哭吧？」

「少囉嗦！才沒有哭！笨蛋！」她含淚瞪了我一眼。

我的手抖了一下，差點把東西摔破。

「唉，拿去！」原本想多賣點關子，但再逗下去她可能真的就哭了，想一想不保險，我趕忙把東西擺到她面前。

是粉紅色的黑白兔瓷杯組。

「欸……欸！」亞麗莎叫了出來，像是在捧寶貝一樣慎重地把捧起杯子，眨著噙著淚水的雙眼，看了看手中的東西又看向我。

「那是活動的展示品啦，所以有點灰塵。」我故作輕鬆地說：「我向店長要的。」

「是他啊……」

「怎麼了嗎？」

「沒事！先說，我不會感謝你！」說著，她把東西緊緊抱在懷中，好像怕被人搶走一樣：「也別想拿回去！」

「妳只要罵我幾句就可以了，快點！」

「……噁心鬼！」

——《抖M的半吸血鬼01》完

抖M的半吸血鬼

Masochistic Dhampir

後記

麥克風測試，一、二、三——咳嗯嗯、咳嗯嗯……

好啦，各位親愛的噴油們，其實從自我介紹就可以得知哈皮並不是什麼正常人物，不過有機會寫後記就還是要寫一下囉！

各位第一次見面又或是不是第一次見面的朋友們大家好，我是哈皮，現年22歲的單身變態！（灑花）

因為最近在七夕情人節被閃得很刺激所以腦袋有點不正常……（掩面）

我相信，大家對於「哈皮」這個名號一定很陌生，即使我和第一家出版社簽約，正式踏入小說家這條不歸路已經長達四年（我是在滿18歲的前六天第一次和出版社簽約），可是各種波折導致《抖M的半吸血鬼》的第一集是小弟的第三本書。

嗯？有人問前面兩本書是什麼？

其實，出版社惡性倒閉後那就不重要了，即使現在還在市場上流通那也不重要了……

我只能說，那兩本書是鬼故事，和《抖M》這種萌＋都市奇幻＋神怪的感覺截然不同！理由其實也很單純的是因為……寫鬼故事完全只是個意外，這種奇幻風格的小說才是哈皮擅長的風格啊啊！不信的話可以上網搜尋「不要教壞小孩呦！」，那是我高中時期開始做連載的作品，一直到大學因為各種誘惑的廢人生活……咳嗯，各種忙碌的充實生活，例如寫鬼故事和其他等等，便進入冰箱期的連載作品。基本上GOOGLE大神沒壞掉的話，搜尋小說名稱點第一個便是小弟的作品了，截止至今點閱數二十九萬一千八百七十四，是哈皮至今最驕傲也最沒用的成績。（含淚）

（所以就說寫鬼故事真的只是意外……高中考學測前不準備考試，寫了有的沒的，然後又很不怕死地拿去投稿，接著就出版了，各種波折後只出兩集就GG了……）

總之經過千辛萬苦，《抖M的半吸血鬼》正式出版！

其實這是將近兩年前的稿子，最初的版本和現在也完全不同，從設定到大綱和雜七雜八的整整就有二十一份！

這點要非常非常感謝S編輯（單純的姓氏縮寫）的全力協助，不只要撥時間審我的稿子還要忍受我的臭脾氣跟神經病，致上萬分的感謝！雖然現在已經不再是我的責編，但還是要再次地感謝！

然後也要感謝現在的L編輯，要忍受我的騷擾……

突然回想起來，我怎麼老是騷擾編輯……（掩面）

有病的下集預告

噔噔噔噔噔噔～～～魔法少女～～～粉墨登場～～～～

放心吧，這絕對不是跑錯棚，隔壁的編輯沒有跑來這裡ˊ_>ˋ（絕對不是置入性行銷！）

哈皮

高寶書版集團
gobooks.com.tw

輕世代 FW163

抖M的半吸血鬼01

作　　者　哈　皮
繪　　者　水　佾
編　　輯　林紓平
校　　對　林思妤
美術編輯　邱筱婷
排　　版　彭立瑋

發 行 人　朱凱蕾
出　　版　英屬維京群島商高寶國際有限公司臺灣分公司
　　　　　Global Group Holdings, Ltd.
地　　址　臺北市內湖區洲子街88號3樓
網　　址　www.gobooks.com.tw
電　　話　(02) 27992788
電　　郵　readers@gobooks.com.tw（讀者服務部）
　　　　　pr@gobooks.com.tw（公關諮詢部）
傳　　真　出版部　(02) 27990909　行銷部 (02) 27993088
郵政劃撥　19394552
戶　　名　英屬維京群島商高寶國際有限公司臺灣分公司
發　　行　希代多媒體書版股份有限公司/Printed in Taiwan
初版日期　2015年11月

國家圖書館出版品預行編目(CIP)資料

抖M的半吸血鬼 / 哈皮著.-- 初版. -- 臺北市：
高寶國際, 2015.11-
　冊；　公分. --

ISBN 978-986-361-148-6(第1冊：平裝)

857.7　　　　104005460

三日月書版

三日月書版

GOBOOKS & SITAK GROUP©

GOBOOKS
& SITAK
GROUP©